Author 海翔
Illustration あるみっく

9

「先輩、ちょっといいですか」

「え？　俺の事

見た事のない女の子が声をかけて来た。

「はい。先輩って『黒い彗星』ですよね」

モブから始まる探索英雄譚

The story of an exploration hero who has worked his way up from common people

「沖縄でバーベキューもいいですね。
受験が終わってヒカリンが良くなったら
みんなで行ってみたいですね」
「海斗〜。みんなの水着姿とか
想像してるんじゃ無いの?」

春香と沖縄に旅行か〜。
考えた事も無かったけど
行けたら最高だよな。
海でバーベキューして
油味噌でご飯を食べる。
ああ沖縄といえばステーキも食べたいな。

「我が主に仇なす者よ、
神の怒りを知りなさい。」
「無へ帰せ。『祈りの神撃』」

モブから始まる探索英雄譚9

海翔

HJ文庫
1176

口絵・本文イラスト　あるみっく

9

The story of
an exploration hero
who has worked his way up
from common people

CONTENTS

プロローグ

「コホッ、コホッ。ちょっと疲れちゃったかな」

ダンジョンから戻ってきてからちょっとだけ身体がだるいのです。

十六階層主戦で鬼がいっぱい出てきたので頑張りすぎてしまったかもなのです。

でも最近、ダンジョンに潜るのが本当に楽しいのです。

この前の初めてのレイドバトルは大変だったけど、みんなで力を合わせてミノタウロスを倒すことが出来て楽しかったのです。

まるで、いつもやってるゲームのドラゴンハンターみたいでわくわくしてテンションが上がりっぱなしでした。

わたしも魔法でみんなの役に立つことが出来たと思うのです。

それとペガサスのモンスターミートでのダンジョンバーベキューは最高に楽しかったのです。

今まで食べたどんなお肉よりもおいしくて食べ過ぎてしまったのです。

みんなも同じ気持ちだったみたいで、お肉はいっぱいあったのに全部無くなってしまったのです。

そのせいで野菜がいっぱい残ってしまったけど、海斗さんが頑張って食べてくれました。

あいりさんは活動的だし、バーベキューとか得意なのかと思っていたので、私と同じで料理とかが全然ダメだったのは意外だったのです。

かわりに頑張ってくれた海斗さんとベルリアくんのおかげで大成功でした。

海斗さんは、わたしのことも励ましてくれるし色々頼れるお兄ちゃんなのです。

それに、あんなふうにみんなでバーベキューをしたのは生まれて初めてだったので、それだけでおいしさ倍増だったのです。

今度、モンスターミートがドロップしたら絶対またダンジョンでバーベキューをしたいのです。

バーベキューでの心残りは、海斗さんに止められてペガサスの馬刺しを食べることが出来なかったこと。

あれだけおいしいペガサスのお肉なら、きっと馬刺しのおいしさは……。

「コホッ、コホッ」

そんなにひどくはないけど、咳が止まらないのです。

もしかしたら風邪（かぜ）ひいちゃったのかな。

また週末にはダンジョン探索（たんさく）だし、早く治るといいな。

探索は順調なので、このままいけば次の階層を攻略（こうりゃく）するのもそれほど時間はかからないかもしれないのです。

身体の事もあって少し焦（あせ）っていた時もあったけど、最近探索が順調だからか、ここの所ずっと体調も良好だしこれなら本当にエリクサーまで辿（たど）り着くことも夢物語ではないと思うのです。

ずっと灰色だった景色もみんなのおかげで最近明るく色づいてきた気がするのです。

第一章 病室の天使

祈りの神撃……召喚主のMPを消費して真なる神の一撃を放つ事が出来る。

これは……。

どう判断したらいいのだろうか。

召喚主とは俺の事だよな。

俺のMPを消費してシルが強力な一撃を放つ事が出来るスキルという事だよな。

俺のMPを消費して発動するスキル。

俺はこれによく似た特性のスキルを知っている。

ルシェの『暴食の美姫』だ。

『暴食の美姫』は俺のHPを消費して発動するのに対し『祈りの神撃』は、俺のMPを消費するらしい。

どちらも俺のステータスを触媒として発動されるスキル。

言い方を変えると俺を生贄として発動するスキル。ＨＰだけじゃなくＭＰまでもか……。

「は〜〜……」

「ご主人様、どうかなさいましたか？」

「いや、何でも無い。まあ、怪我なく攻略出来たし、みんなレベルアップ出来て良かったよ」

ルシェと違ってシルが恣意的にこのスキルを身に付けたなんて事は考えられないし、強力なスキルが増えたと考えるしかない。

悩んだところで何も変わらない。身体も大分動くようになって来たので早速魔核とドロップアイテムを回収して回る。

他のメンバーもある程度動けるようなので、それぞれレベルアップにより回復したのだと思う。

まず魔核は全部で九十五個あった。

それとは別にドロップアイテムがいくつか残されていた。

まず、刀が三本と戦斧が一本。俺に鑑定スキルはないけど、刀身から放たれる雰囲気からして四本とも魔剣の類の可能性が高いと思う。

そしてマジックオーブが一つとスキルブロックが一つ。

幸いにも今回赤い魔核は無かったものの、一番期待していた霊薬が無い……。

正直、ここで手に入るんじゃないかとかなり期待していたので、それらしきものが無いか、部屋の隅々まで探したがどこにも見当たらなかった。

内心では落胆してしまったけど、メンバー、特にヒカリンの前でそんな素振りを見せるわけにはいかないので、平静を装った。

魔核だがミノタウロスのものよりは気持ち少し小さい気もする。大体一つ一万八千円ぐらいだと思われるのでおよそ百七十万円ぐらい。

そして残るはドロップアイテムだ。

本来ドロップアイテムも均等割りが望ましいけど今回はメンバーのみんなにお願いしなきゃならない。

「あの～申し訳ないんだけどこの刀三本共もらえないかな。ベルリアの折れた剣の代わりに二本と予備に一本持っておきたいんだけど」

「もちろん、それでいいと思うわ」

「そうですね。それ以外の選択肢はないと思うのです」

「ベルリアの戦いぶりがなければ今回は切り抜けられなかっただろうから、刀二本は妥当だろう」

「あぁ……皆様、この私に魔刀をそれも二本も頂けると言うのですか？　マイロードこの刀が折れて無くなるまで死ぬ気で働きます」

「ああ、そうだな。期待してるよ。それで戦斧はマジック腹巻に入りそうにないから俺は持てないんだけど誰か使う人いる？」

恐らくこの戦斧も魔斧の類なのでそれなりの物だと思うけど誰も手をあげないので売却決定だ。もしかしたら戦斧なので不人気かもしれないが、それでも売れば五百万円は下らないだろうから売却益としては今回一番の収穫かもしれない。

残るはマジックオーブとスキルブロックだが、高額のレアアイテムではあるが、これは使った方が良い。

今後の事を考えても必須だろう。

「マジックオーブとスキルブロックはそれぞれ使った方がいいと思うんですけど、どうしましょうか」

個数が二個なのも悩ましいが誰が使うかも悩ましい。

マジックオーブの色は無色透明に近いが透かしてみると角度により黄色味を帯びている気もする。これって風系だろうか？

ヒカリンかミクが使うべきだろうな。

「できれば私がもらっても良いかしら。どうしても私が後衛だと火力不足なのよね。スピットファイアはあるけど、今回はベルリアを起こすぐらいでほとんど役に立てなかったし」

「はい良いと思うのです」

「そうだな、ミクがいいだろう」

という事でマジックオーブはミクが使う事になった。

そしてスキルブロックはヒカリンとあいりさんで考えると、今の段階では前衛のあいりさんの優先度が高いのであいりさんが使う事となった。

ミクとあいりさんがそれぞれドロップアイテムを使用する。

「私のは、風じゃなくて雷みたい。『ライトニングスピア』の魔法を覚えたわ」

文字通り、雷の槍だと思うが、恐らく雷の槍が敵を目掛けて飛んで行くのだろう。名前を聞いただけでもかなり強力なスキルだと推察出来るが、雷系のスキルは結構レアな気がするのに、K-12にはなぜか雷使いが多い気がする。

いずれにしても、ミクの攻撃力が上がるのは大歓迎だ。

「私のスキルブロックは『ダブル』というスキルだった」

「『ダブル』ですか？　どんなスキルなんですか？」

「MPを消費して攻撃が倍になるスキルだ」

「倍ですか？　それは威力がって事ですか？」

「威力じゃなくて手数のようだな」

手数が増えるとはどういう意味なんだろう。速度が倍になるという意味か？

とりあえず戦力が増強されたのは間違いない。今回どちらのスキルも当たりの部類に入るんじゃないだろうか。

そして他のメンバーにも確認してみたけど『鬼殺し』が発現したのは俺だけのようだ。あまり他の探索者からもスレイヤー系のスキルを聞いた事が無いので俺にはスレイヤー系のスキルが発現しやすいのかもしれない。

俺はやっぱり何かの特異体質なんだろうか？

「それじゃあ十七階層に降りてからすぐに帰りましょうか」

「そうだな。いくらステータスが回復したとはいっても流石に疲れたな」

「そうね。私も燃え尽きたかも」

「久しぶりにＭＰが切れて疲れたのです」

「ヒカリン、まだ顔色が良く無いみたいだけど大丈夫か？」

「はい疲れたのと少し風邪気味だったのもあって」

「そうなのか。早く治さなきゃな。それじゃあ早く帰って休もう」

みんなの総意でもう帰ろうとしたその時だった。

「ちょっと待て」

「なんだよルシェ」

「まさか忘れてるんじゃないだろうな」

「一体何のことだ？」

「言わせんなよ！　お腹が空いたに決まってるだろ〜〜！」

「え？　だって魔核をあんなに渡しただろ」

「その後もしっかり戦ってお腹が空いたんだよ！」

「うそだろ……シルもか？」

「はい。頑張りましたので」

「マイロード私もスキルを連発しましたので」

「なっ……」

三人共か。

戦闘中にスライムの魔核は使い果たしてしまったのでもう無い。

ここにあるのは鬼の魔核のみ。

みんなを見回してみるが、みんな満面の笑みで頷いている。

　これは、みんなそうしようということだよな。

「分かった。それじゃあ今回は大サービスだ。なんと鬼の魔核だ。だけど大きいからな一人三個だ」

「海斗(かいと)！　燃やされたいのか？　百体のモンスターを倒して魔核が一人三個？　ふざけるな～！」

「海斗流石(さすが)にそれはないんじゃない？」

　既(すで)に大量のスライムの魔核を消費しているしこれでやり過ごせればと思ったがダメだったか。

「う～んそれじゃあ特別に一人五個だ。大大サービスだぞ」

「もういい。海斗燃えて無くなれ！　三個も五個も変わらないだろ。もう今後働かないからな。見てるだけでいいんだな」

「海斗、少し渋(しぶ)すぎるんじゃないか？」

　これでもダメか……。

　痛いが今後の事もあるし仕方が無い。

「分かった。俺も男だ。これが最後だ。これ以上は何を言われても無理だからな。わかったな。一人十個だ。これ以上は無理。限界だ」

「ふふん、初めからそうしてればよかったんだよ。それじゃあ早速くれよ」

　俺は三人にそれぞれ十個の魔核を手渡す。

　まあ人数割りしたらこんなものだろうから仕方が無い。今回はサーバントの三人の力無しには攻略出来なかっただろうしこのくらいのご褒美は許容範囲内だ。

「やっぱり働いた後の魔核は最高だな。あ～たまんないな～」

「そうですね。今日は流石に頑張りました。おいしいですね」

「マイロード、魔刀を二振りも頂いた上に、この魔核。このベルリア、マイロードの為なら死も厭わずに頑張ります。それにしてもこの鬼の魔核おいしいですね」

　三人ともニコニコしながら吸収している。

「あ～シル様とルシェ様の嬉しそうなお姿が尊いのです」

　他のメンバーも三人の表情を見て喜んでいるようなので良かった。

　三人が魔核を吸収し終えてから俺達は十七階層への階段を降りてすぐさま『ゲートキーパー』を使って帰還した。

「魔核とかの売却は後日でもいいですか？」

「そうね。今日はもう帰りましょうか。じゃまた連絡するわね」

「それじゃあ、また来週」

「また、土曜日に会おう。次はいよいよ十七階層だな」

俺はメンバーと別れて戦斧と鎧をロッカーに戻してから家へと直帰した。汗が気になって速攻でシャワーを浴びたけど、疲れたし今日は湯船につかってもよかったかな。

夕飯に定番となりへビーローテーション化しつつあるカレーを食べてからは、疲労感から何もやる気が起きなかったのですぐに寝た。

§

「あ……」

翌朝目を覚ましてベッドから起きようとしたが、身体が動かない。

これは……まさか以前なったあれの時と同じか。

ダンジョンで身体を酷使しすぎた反動だ。

動けなくなってしまった。

まずい。どうにかして学校に行かないと親に怒られてしまう。

「ふっ！」

気合を入れて身体を起こそうとするが、動くのは右腕ぐらいで後は、筋肉痛で強張って動かす事が出来ない。

　これは本格的にまずい。

「あ、あ、あ～」

　声は出る。

　どうする。どうすればいい？

　とにかくベッドから降りないとどうしようもない。

　動かない身体を無理やり少しずつ動かしてベッドの端に寄せるが、ここから動かせない。

　思いきってベッドの下に落ちてしまえば動けるようになるか？

　俺は覚悟を決めてベッドから床にダイブする。

『ゴチン』

　床に落ちると硬質な音と共に後頭部と、背骨と踵に衝撃と痛みが走った。

「いって～！」

　痛みで涙が出て来たが身体が機能を取り戻す事は無く、今度は床の上で動く事が出来なくなってしまった。

　しかもベッドでは弾力を使って少しだけ移動できたけど床は硬くて余計動けなくなってしまった。

超重度の全身筋肉痛。

原因は間違いなく昨日のボス部屋での酷使だろう。

ダンジョンでは上昇したステータスのおかげでどうにか動けていたが地上に出ればその恩恵が無くなる。

その分のダメージが合わさって、普通ではありえないほどの症状が表れているのだろう。

「母さん〜。お〜い、助けて〜」

俺は覚悟を決めて母親を頼る事にした。

残念ながら他に手は無い。

「海斗、すごい音がしたけど大丈夫？」

母親が俺の声に気づいて来てくれたけど俺が落ちた音は下にまで響いていたようだ。

「ああ、まあ」

「きゃ〜海斗、あんたどうしたの？　まさかドッキリ？」

「いや、ドッキリってそんな事はありえないから。全身筋肉痛で動けないんだ。ベッドに戻るの手伝ってよ」

「ベッドに戻るって学校はどうするのよ」

「どうにかできると思う？」

「無理そうね。でも前にもこんな事あったわね」

「そうだったかな」

「約束したわよね。もう二度とこんな風にはならないって」

「したけど、昨日は大丈夫だったんだ。今日起きたら突然これだよ。自分でも信じられない。全然無理してなかったんだ。もしかしたら成長痛かも」

「成長痛？　なんか嘘くさいわね」

「信じてよ。本当にちょっとだけ頑張っただけなんだ。約束を守ってダンジョンでは無理をしないように決めてるんだ。だから重度の成長痛かも」

「海斗、高校二年生で重度の成長痛って、これから身長二メートルにでもなるつもり？」

「俺が母さんに嘘をつくわけがないじゃないか。でも何故か動けないんだ。学校は休みでお願いします」

新年度が始まったばかりで休むのは気が引けるが、授業はまだ本格的に進む感じではないから影響は薄い。

「まあ、この状態じゃね～学校は無理よね。まあ学校の配布物とかは春香ちゃんに持って来て貰えばいいんじゃない？」

「なっ……」

「海斗何も教えてくれないけど、また春香ちゃんと一緒のクラスになったんだってね」

「なんでそれを……」

「そりゃあ、春香ちゃんのママに聞いたのよ。最近は毎日連絡取ってるから」

!?　春香のママと毎日連絡取ってるのか？　一体いつの間にそんなに親密な関係になったんだ？

「毎日っていったい何の話をしてるんだよ」

「そりゃあ、あなた達の事しかないじゃない。海斗と春香ちゃんの事よ」

「毎日？」

「そりゃあ、いろいろあるもの。そういえばあんたの探索パーティって女の子ばっかりだったのね。あんたも隅に置けないわね。でも春香ちゃんを悲しませるのは感心しないわね」

「なっ……何で」

「まあ、今日は休みの連絡入れといてあげるから春香ちゃんにも休みと配布物の件を連絡しなさいよ」

「あ、ああ。分かった。それはそうと、そろそろベッドに戻して欲しいんだけど」

「海斗、重いわね。ちょっとは自分で力を入れなさい」

「いや、できるならしてる」

結局母親の力だけではベッドまで戻る事は出来なかった。

どうしようもないので床で静養しようかとも考えたけど、母親が救急車を呼んでしまい、ストレッチャーで病院へと運ばれてしまった。

初めての救急車は、成長痛と言うわけにもいかず救急隊の人への受け答えに窮してしまった。

探索者ということもありダンジョンに近い病院へと運ばれ、看護師さんに症状を話して検査と医師の診断を受けた。

動けない俺を見て医師にモンスターにやられたんじゃないのかと何回も聞かれたが、モンスターのダメージでは無く、過活動による筋肉痛だと説明した。

その後生まれて初めて宇宙船のようなＭＲＩという機械で全身の撮影をされてしまった。

「そんな探索者聞いた事がないな。ここにもよく怪我をして運ばれる探索者はいるけど、筋肉痛で動けなくなって運ばれたのは君が初めてだよ。しかもこれは筋肉痛のレベルじゃないな。全身中程度以上の肉離れだな。ここまで全身なってるのはトップアスリートでも見た事ないよ」

「そんなにですか。それでどのくらい入院が必要ですか？」

「ちゃんと治そうと思ったら一ヶ月は必要だけどな～」

「一ヶ月ですか？　学校もあるんで無理です。何とか三日でお願いします」

「自然治癒を待っていたら一ヶ月だけど、君たち探索者が持っているポーションを使えばもっと早く治るだろうね」

「ポーションですか。わかりました。何とかしてみます」

残念ながら俺のポーションは全て使い果たしてしまった。頼れるのはメンバーしかいないけど、ミクにお願いしてみるか。

俺はそのまま病室に運ばれたが、動く事が出来ない為に、大きくなってから初めてオムツを履かされ、尿を排出出来る様に尿管に管を通されてしまった。

必要な処置とはいえ十七歳の俺には結構ダメージが大きかった。

なんとか指を動かし春香とミクにそれぞれメールで連絡を入れておいた。

ご飯を食べる事もままならないので点滴を打たれながら眠りについて、起きたら昼の三時を過ぎていた。

動けないのは辛いけど、自分でも今回は無理が過ぎたと思う。

アサシンの覚醒とも呼べる効果は対モンスター戦では絶大だったが代償が大き過ぎた。

自分の限界を超えるとはこういう事なのかと実感させられている。

限界は超えてはいけないから限界なんだな。

「海斗、大丈夫？」

「ああ、春香、来てくれたんだ」

「連絡が来てから、もうびっくりして、授業の内容が全然頭に入って来なかったよ」

「ああ、心配させてごめん」

「これ学校の配布物だけど、授業のノートは貸してあげるから安心してね。それにしてもどうしたの？　モンスターにやられちゃったの？」

「モンスターにはやられてないよ。自分でなったというか、全身肉離れで動けないんだ」

「無理しちゃダメだよ。それとミクがもう少ししたら来ると思う」

「あぁ……」

　この二人は思った以上に連絡とってるんだな。

　こんな時にあれだけど心配してくれている春香の顔もかわいいな。

「昨日ミクからみんなが戦ってる写真が送られて来てたから、安心してたんだけど」

「ああ、昨日は特別。階層主の部屋に閉じ込められてちょっと無理しただけだから」

「海斗、ちょっとの無理ではこうはならないよ」

「はは……」

　確かに返す言葉も無い。

しばらく春香と雑談していると今度はミクがやって来てくれた。

「春香！　先に来てたんだ。海斗本当に入院したのね。しかも全く動けないの？」

「うん、そう」

「アサシンのスキルって諸刃の剣ね。あんまり頻繁に使う物じゃないわね」

「そうだね」

ただ昨日は限界を超えてでも使い続ける必要があった。

「はい、これ。頼まれてた低級ポーションをとりあえず二本買ってきたわよ」

「ああ、すまないな。今回の俺の取り分から引いてくれ」

念願の低級ポーションが手に入ったのでこれで改善する事を期待するしかない。

「ミクは身体大丈夫なのか？」

「まあ、少しダルさはあるけど動けないほどじゃないわね」

「そうか。じゃあ悪いんだけど低級ポーションを飲ませてもらってもいいかな。動けなくって」

「あ～、それは春香がいいんじゃないかな。ね～春香」

「うん、それじゃあ私が飲ませてあげるね」

「あ、じゃあお願いします」

そう言って春香が俺の口元にポーションの瓶を持ってきて飲ませてくれる。

グッジョブだミク。

俺は幸せを感じながらもポーションをゆっくりと飲み干していく。

飲み終わると、若干倦怠感が薄らいだ気がする。

だけどなぜか動けない。

「ミク……動けないんだけど。いや少しだけ動けるような……」

俺の首が少し回るようになっているので効果はあったと思うけど、何でこんなに効果が薄いんだ？

低級ポーションとはいえ骨折でも治してしまうほどの効果があるはずだぞ。

「海斗、あなたが思ってる以上にダメージが重いって事じゃない？」

「うそだろ……そんなにか」

「海斗、普通に見た感じかなり重症だよ。むしろ重体と言ってもいいかも。だって全く動けなくて点滴してるんだよ」

まあ確かに言われてみれば重体かもしれないが、俺の中にはどうしてもただの肉離れだという気持ちがあるからか自分が重体とは思えない。

「それに海斗、その管って……」

ミクがちょっと照れたように指差して来るが、俺にはみる事が出来ない。

ただ管といえば、点滴の管と……。

あれか……。

「あっ、あの～ミクさん。それは見てはいけないやつでは……」

「海斗、ごめん」

「う、うん。海斗私は大丈夫だよ。お世話するからね」

春香まで……。

止むを得ない事とはいえ好意を寄せる相手にこれは滅茶苦茶恥ずかしい。

「ごめん、できれば見ないでおいてくれると嬉しい……」

「「はい」」

微妙な空気が流れたので打ち消す様に話をする。

「あいりさんとヒカリンは大丈夫かな」

「二人とも連絡とってないから分からないけど、海斗みたいな事はないんじゃない」

「そういえば、昨日ヒカリンからは写真が来てなかったけど……」

「まあ、昨日は流石に疲れたんじゃない」

ヒカリンも昨日は頑張ってたからな。身体の事もあるし疲れが溜まってなければいいけど。

「海斗、明日からも私学校の配布物届けに来るからね。それと、来た時に何か出来る事があったら遠慮なく言ってね」

ああ、俺入院してよかったかも。むしろ毎日春香が来てくれるんだったら一ヶ月ぐらい入院するのも悪くないかもしれない。

「海斗、明日もう一本低級ポーション飲んでも回復しなかったら、明後日中級ポーション買って来るわね」

「ミク……使った事無いんだけど中級ポーションの値段って」

「そうね、少し高いけど五十万円ね」

「五十万……」

既に低級ポーションで二十万円を使ったのに追加で五十万はきつい。今回の現金収入が全部飛んでいってしまうばかりか赤字になってしまう。

「ミク、それはギリギリまで待ってくれ。何とか明日までに治してみせるから」

「海斗、多分無理だと思う」

「海斗、お金大丈夫？」

「ああ、それは大丈夫。こう見えて結構稼いでるから」

ダメだ。春香を心配させてしまったようだ。せめて明るく振る舞わないと本当の怪我人みたいになってしまう。

それからしばらくしてミクは用があるので先に帰る事になった。

「海斗、そろそろご飯が配膳される時間だけど食べれそう？」

「動けないから無理かな……」

「よかったら私が食べさせてあげるよ」

「……え？」

「だから私が食べさせてあげるよ」

「うん、お願いします。全く動けないから一人じゃ無理なんだ」

どうやら本当に春香がご飯を食べさせてくれるらしい。

入院最高！

「あら、春香ちゃん久しぶりね～」

「あ、おばさんお邪魔してます」

「春香ちゃんが来てるなら私は来なくてもよかったかしら」

「もし用があったら言ってください。私にできる事ならお手伝いします」

「それじゃあ、悪いんだけど、学校が終わってからでいいから海斗のお世話を頼んでいいかしら。退院がいつなのかはっきりしないのよね」

「はい、もちろん大丈夫です」

「それにしても春香ちゃん、綺麗になったわね～。春香ちゃんのママとは最近よく連絡取り合ってるのよ」

「いえそんな。あの、ママとは何を……」

「そりゃあ、受験の事とかいろいろよ。いろいろ。春香ちゃんは王華学院を受けるのよね。なんかうちの海斗も受けるって聞かないのよ。プロの探索者目指してるのにどうして王華学院に行きたいのかしら。ね～海斗」

「そ、それは素晴らしい学校だからに決まってるだろ。もういいから帰ってくれよ」

「あら、来たばっかりなのに追い返すのね。それじゃあ春香ちゃんよろしくね～」

「はい」

なんだ今の母親の素振りは？　一体何がしたかったんだ。焦ってしまったじゃないか。

「あ、海斗ご飯が来たみたいだよ」

「ああ、今日のご飯はなんだろう」

「おかゆと、ほうれん草のお浸しとスープと魚の塩焼きだけど、どれも海斗には少なめかも」

「まあ、一応病院食だから」

「それじゃあ起きるの無理そうだから、ベッドを少しだけ起こして寝たままで食べさせてあげるね」

そう言って春香が電動でベッドを起こしてくれた。ただそれだけで背中の筋肉が悲鳴を上げているけど春香の前なので平静を装う。

「それじゃあ一番食べやすそうなおかゆからね」

春香がスプーンでおかゆを口まで運んでくれる。

ラブコメのように色気も雰囲気も何もないが、これは間違いなく「あ~ん」の状況だ。

まさか俺が春香から「あ~ん」をしてもらえる日が来るとは思ってもみなかった。

口を開けておかゆを口に運んでもらう。おかゆは水分が多く、米の量は少なく味もほとんどしない。所謂病人用の病院食な感じだけど俺にとってはモンスターミートに勝る味わい！

これが幸せの味か……。

春香に食べさせてもらうおかゆはこんなにも美味しいのか。

というよりも味覚ではなく心で食べるとでも言えばいいのだろうか。口に運んでもらう度に全身が幸福感に包まれる。

「どうかな？　病院のご飯だからそんなに美味しくないかもしれないけど」

「いや、美味しい。今まで食べた中で一番美味しい。最高だよ」

「そう？　そんな風には見えないけど、調理の人が上手(うま)いのかもしれないね」

正直この味は誰が作るかは問題じゃない。誰に食べさせてもらうかが重要なんだ。

そして今は春香に食べさせてもらっている。

これ以上に幸せな事って世の中にあるだろうか？　いやありはしない。あるはずがない。

「じゃあ次はお魚を食べてみる？」

そう言ってほぐした魚の身を口まで運んでくれた。

美味(うま)い。正直薄味(うすあじ)すぎて塩焼きなのかただの焼きなのかもよく分からない。ただ最高に美味しい。

食べた事はないけど国産本マグロの大トロよりもうまい。

「最高においしい」

「そう、よかったね。点滴だけでお腹が空いてたんだね」

不思議なもので点滴を一日中していると口の中にも点滴の味がしていたのに、この魚の塩焼きはそんな事など完全に忘れさせてくれる。

ああ、魚の塩焼きって幸福と同義だったんだな。

その後も、春香がご飯を食べさせてくれたので、入院初日は最高に幸せな時間を過ごす事が出来て、やっぱり入院って素晴らしい気がして来た。

病院で本当に天に昇ったらまずいけど天にも昇る気持ちというのはこういうのを言うんだろう。

§

昨日は最高に幸せだった。

そして今日目を覚ますと昨日よりは少しだけ身体が動く様になっている。

具体的には首が動くようになったけど、まだベッドからは一歩も動けない。

これでもう一本低級ポーション飲んだらいけるのか？

なんとなく無理な気もして来た。

そして、俺を入院してから最大の試練が待ち受けていた。

朝寝ていると、女性の看護師さんがやって来て衝撃の一言が。

「オムツを交換しますね」

「………………」

女の人が交換する……のか。

もちろん動けないこの状況で大変ありがたく、また止むを得ない必要な事だとは理解しているし、看護師さんには感謝しかない。

だが、思春期真っ只中の俺、しかも病気ではなく、ダンジョンで無理をして重度の肉離れだけの俺。

かなり恥ずかしい。

「はい、失礼します。それじゃあ楽にしてくださいね」

動けなくても感覚がないわけではないので、目を背けてもしっかりと何をされているかは分かってしまう。

「ううっ……」

これは間違っても春香やミクには見せられない。

二人の事だから馬鹿にしたり面白がったりはしないと思うけど、俺が耐えられない。

せめて青少年の為にもオムツをかえてくれるロボットか何か早急に開発されないものだろうか？

恥ずかしくて看護師さんの顔がまともに見れない。

「はい、終わりましたよ」

「……ありがとうございます」

本当に感謝しかありません。看護師さん日々のお仕事、いつもありがとうございます。この御恩は一生忘れません。

恥ずかしくて顔を見る事は出来ないけど、看護師さんはリアル天使だ。

俺だけじゃなくて毎日病気の人達の為に働いてくれている。

本当にありがたい。

普段病院に来る事がないので、今まで実感する事が無かったが、こうなってみて看護師さんだけじゃなく医師の人や病院に勤務する人達のありがたみを感じる。

ただやっぱり恥ずかしい。

母親以外の女性に見られた記憶はないので……うぅっ。

僕お嫁に……。

朝、人生最大とも言えるような大きなイベントを乗り越えて夕方になると春香がやって来てくれた。

「海斗、調子はどう？　少しは良くなった？」

「うん……結構首が動くようになったよ」

「それじゃあ今日もポーション飲んでみる？」

「お願いします」

　昨日と同様に春香にポーションを飲ませてもらう。

　昨日飲んだ時よりも随分と身体が軽くなった感じがする。

「どうかな？」

「ああ、大分楽になって来た」

「動ける？」

　春香に言われて腹筋に力を入れて起き上がろうとするが、背中が少し浮いただけですぐに力尽きてしまった。

「まだちょっと難しいけど、かなり良くなってるよ。ありがとう」

「私は何も出来ないから」

「そんな事ないって。ポーションだって春香が飲ませてくれないと自分では飲めなかったし、ご飯だって春香のおかげで食べれるんだから。ありがとう」

「そう言ってもらえると来た甲斐があるよ」

　そして今日も春香に晩ご飯を食べさせてもらう事が出来た。

　この日も病人用の水分多めのおかゆと味の薄い野菜の煮物と塩気の薄いスープだったが、最高に美味しかった。

春香の手には魔法が宿っているのかもしれない。

春香が食べさせてくれるだけで薄味の病院食が三つ星レストランの料理を完全に凌駕している。

やっぱり病院って素晴らしいな。

病院に運ばれた時は一刻も早く退院しなければと思っていたけど、これならしばらくいてもいいかもしれない。

むしろ家でカレーを食べるよりずっと幸せを感じてしまう。

「海斗も早く退院できるといいね」

「う、うん」

「クラスも新しくなったばっかりだし、新しくクラスメイトになった人達とも馴染まないといけないでしょ」

「あ、まあ、そうかも」

俺としては真司や隼人、春香に前澤さんがいればそれでいいかと思ってしまっていたけど、少しは交友関係を広げた方がいいのかな。

春香のおかげで二日目も幸せな気分のまま終えることが出来、入院三日目の朝を迎えた。

二本の低級ポーションのおかげもあり少し身体を起こせるようにはなったけど、まだ歩けそうにはない。

そして昨日と同じくオムツ交換の時間をなんとか乗り切ったがやはり看護師さんには感謝しかない。

スマホを長時間触る事も難しく、本当に何も出来ないので昼過ぎまで回復に努めてひたすら寝て過ごしていると十五時半頃にミクがやってきてくれた。

「海斗！　まだダメみたいね」

「まあ、それでも大分良くなったよ」

「そう、じゃあはいこれ」

ミクが瓶に入った液体を渡してくれるが、今までに見たことのない色だ。

「ミク……まさか、これって」

「もちろん、中級ポーションよ。低級じゃ無理みたいだから中級を買って来てあげたわよ」

「……これ五十万円」

「そうね。後で精算するから安心して」

これが五十万円のポーション。

確かに低級では完治には程遠い。ただ少しは良くなってきていたのでもう一本飲めばなんとかなったかもしれないのに、ここで中級ポーションか。

確かに一昨日そんな話はしていたし、ミクが完全な善意で買ってきてくれたのも分かる。

だけど……。

五十万円か。今回のボス戦で魔刀を三本も貰えたので価値としては大幅にプラスだが現金的には魔戦斧次第では微妙だ。

今回使い切ったポーション類も買い直さないといけないのに現金が飛んで行く。

「ミク……ありがとう。飲ませてもらっていいかな」

「はい、それじゃあ」

ミクに口まで運んでもらい初めての中級ポーションを飲み干した。

確かに低級ポーションとは味が違う。

低級ポーションも、マジックポーションのようには不味くはないけど、中級ポーションは普通においしい。

飲み口というのだろうか、まろやかな味わいで喉ごしがスッキリしている。

飲み干すとすぐにその効果が発揮された。さっきまでほとんど動かなかった身体が痛み無く動かせる。

「ミク、動けるよ」

「やっぱり中級ポーションってすごいわね。それにしても今回は重症だったわね。まさか低級ポーション二本と中級ポーション一本が必要になるとは思わなかったわ」

「今回は色々と助かったよ。ありがとう」

「それじゃあ、明日からは学校に行けそうね」

「ああ、ミクのおかげだよ」

「春香もでしょ」

「それはもちろん」

しばらくすると春香も病室に来てくれた。

「海斗、動けるようになったんだね。よかった」

「さっきまでほとんど動けなかったんだけど、ミクが中級ポーションを買って来てくれて飲んだら動けるようになったんだ」

「中級ポーションってすごいんだね。副作用とか無いのかな」

春香、怖(こわ)い事言うな。副作用って俺も少し気にはなってたんだ。これだけの効果。

大丈夫(だいじょうぶ)……だよな。

「ミク、副作用ってあるの？」

「私も中級は飲んだ事ないからわからないわ。多分大丈夫じゃない？」

「……」

飲んでしまったので今更どうしようもない。まあ普通に販売されてるんだから死ぬような事は無いだろうし、多分大丈夫だろう。

「今日はご飯一人で大丈夫そうだね」

「え？　あ、ああ、まあ、多分……」

治ってしまったせいで春香に食べさせてもらう事が出来なくなってしまった。

ご飯を食べてからポーションを飲めばよかった。

あ～、そこまで頭が回ってなかった。春香からご飯を食べさせてもらうという人生のビッグイベントが……。

その後すぐに早めの夕食が出て来たので自分で食べてみたけど、昨日までの三つ星を超える味が今日は全くしなかった。

病院食なのでとにかく味が薄く、ボリュームが無い。

昨日あれほどまでに輝いて見えた病院食が今は辛い。

「どうしたの？　食欲がないの？」

「食欲はあるんだけど……」

ご飯だけじゃなくて、春香がお見舞いに来てくれるのは今日が最後か。

本当に残念だけどいつまでも入院しているわけにはいかないし明日の朝一番に退院の手続きをしたら学校に行こうと思う。

「ミクも春香も本当にありがとう。おかげで元気になったよ。明日から学校も行けそうだから。ミクもまたダンジョンでよろしく」

「まあダンジョンの前にギルドで売却が先ね」

「ああ、分かってる」

俺は売却したお金でポーションの代金と無くなった装備を買い直す必要がある。

少しは残ると良いな。

§

俺は朝一番に退院してから、すぐに学校へと向かった。

一時間目は無理だったけど二時間目には間に合ったので久々に授業を受ける。

まだ学年が始まったばかりだったので、特に後れを感じる事なく授業を受ける事が出来てよかった。

「海斗！　心配したぞ。ダンジョンでやられたんだってな」

「いや、ちょっと違うけど誰から聞いたんだ？」

「それはもちろん葛城さんだけど」

「あぁ。まあ完全に間違いではないんだけど、モンスターにやられたんじゃなくて、無理しすぎて全身の筋肉が切れたんだ」

「全身の筋肉が切れたって、一体どれだけ無理したらそんな事になるんだ？」

「一応十六階層の階層主を倒すために仕方がなかったんだ」

「お～っ！　遂に十七階層か。さすがだな。羨ましいけど無理すんなよ。昨日まで全く動けなかったんだろ」

「まあ、ポーションの力も借りて治ったしもう大丈夫だ」

「海斗～、水臭いな。俺に言ってくれれば花園さんも誘ってお見舞いぐらい行ったのに」

「いや、花園さんが来ても話すことないだろ。病院を誘うダシに使うな」

「だって、三年になってからなかなか誘う機会がないんだって」

ああ、久しぶりの学校だけど、この二人といると日常生活が戻って来た感じがして結構楽しい。春香も喜んでくれてるしやっぱり学校もいいな。

久しぶりの学校に気分も上がり気味で昼休みにトイレに行ってから教室に戻ろうとして

いた時だった。

「先輩、ちょっといいですか」

「え？　俺の事？」

「はい、そうです」

「何か用？」

見た事のない女の子が声をかけて来た。

俺の事を先輩と呼んでいるので一年か二年だと思うけど全く知らない顔だ。ショートカットの結構快活な感じの女の子だ。

「はい。先輩って『黒い彗星』ですよね」

「……」

「聞こえてますか？　先輩って超絶リア充『黒い彗星』ですよね」

これって……。

多分この子探索者なんだよな。

それで完全に俺の事をわかった上で声をかけて来てるって事だよな。

「え～っとなんの事かな。俺にはちょっとよく分からないな」

「もしかして、隠してるんですか？　私ダンジョンで黒ずくめの先輩を何度か見た事あるんですけど」

やっぱりこの子探索者か。

「いやいや、俺の顔ってよくある顔だから、装備に身を包んだら誰だか分からないんじゃないかな」

「私、人の顔を一度見たら大体覚えてるんですよね。しかも黒ずくめのハーレムパーティなんか見た日には忘れるはずないじゃないですか」

ハーレムパーティって……大きく間違ってるけどこれは完全にバレてるな。

「それで、もし俺が仮にそうだったとして何か用か？」

「いえ『黒い彗星』さんが同じ学校だと分かって、声をかけようと思ってたんですけど、何でかずっといませんでしたよね」

「俺、今日の朝まで入院してたから」

「もしかしてダンジョンで何かあったんですか？」

「いや、なにもないよ。俺そろそろ教室に戻りたいんだけど」

「それじゃあ、連絡先教えてください」

「連絡先？　なんで？」

「せっかく同じ学校なんですから『黒い彗星』さんに探索のアドバイスしてもらいたいな

と思って」

「俺はそんなアドバイス出来るような探索者じゃないよ。自分のパーティの事で手一杯(いっぱい)なんだ」

「やっぱり先輩が『黒い彗星』さんなんですね」

「あ……」

「まあ今日は諦(あきら)めます。また、日を改めます」

そう言って女の子は風のように去って行った。

今のはいったいなんだったんだ？

『黒い彗星』ネタを校内に拡散する気か？

そもそも何で俺と連絡先の交換(こうかん)？

最近の若い子は怖いな。それに俺が『黒い彗星』って完全にバレてた。

やっぱり、目立つと良くない。これからは特に気をつけて行動しないといけない。流石(さすが)に何人も同じような人が現れるとは考えにくいけど、プライベートで『黒い彗星』呼ばわりされたのは初めてだったので、かなりびっくりしてしまった。

§

俺は無事二日目も学校に通う事が出来、体調も万全だ。

今回の件は家族には事情を説明して、一応許してもらったけど父親はかなり心配していた。

ただ俺が将来専業で探索者をしたいということと、ある程度俺の稼ぎを把握しているのであまり強くは言って来なかった。

母親には、春香にお礼がしたいから今度家に連れて来る様にと厳命されてしまった。

そして土曜日を迎えたものの探索をするにあたって一つ問題点があった。

もうスライムの魔核がない。

ボス戦で魔核を使い果たしてしまったので、売却分以外にもう一個も残っていない。

流石に今週はダンジョンに通う事は憚られたので一度も潜れていないけど魔核がないときっとシル達がヘソを曲げるので現地調達しかない。

その前にドロップ品の換金が先だ。

「おはようございます」

「もう身体は大丈夫なのか？」

「はい、おかげさまで、ご心配おかけしました」

「それじゃあ換金に行きましょうか」

「あれ？　ヒカリンは？」

「連絡があって風邪ひいてるから今日は休むって」

「そうなんだ。大丈夫かな」

「それほど酷くはないみたいだけど」

「じゃあとりあえず、ギルドに行ってみようか」

ギルドの窓口に行くと日番谷さんがいたので早速声をかける。

「買取お願いします。魔核が百個ぐらいと、この魔戦斧なんですけど」

「随分多いですね」

「十六階層のボス部屋で百鬼夜行が出まして」

「百鬼夜行ですか？」

「はい。鬼が百体出たんです」

「鬼が百体ですか？」

「はい、鬼が百体です」

「それで持ってこられたという事はクリアされたという事ですか？」

「はい、そうです」

「K‐12ってどこかのパーティと組まれてましたか？」

「いえ、俺達はずっと単独パーティですよ」

「え～っと……」

「どうかしましたか？」

「という事は皆さんのパーティだけで鬼を百体倒したという事ですか？」

「はい、そうです。流石に死ぬかと思いましたけど」

「高木さん、ちょっとおかしいですよ」

「何がですか？」

日番谷さんが何やら失礼な事を言ってくる。

「まず十六階層のボス部屋に百鬼夜行が現れたという報告は受けた事がありません」

「そう言われても出ましたよ」

「それが本当なら恐らくイレギュラーだと思います。ただ皆さんのパーティ単独で百鬼倒しきったというのは異常です。本来であればスタンピードにも匹敵する数です。完全にレイド案件です。単独で突破できる数じゃありません。失礼ですが高木様のレベルをお聞きしても？」

「この前レベル22になりました」

「う～ん、やはり異常です」

やっぱり今日の日番谷さんはちょっと失礼だ。俺は至って普通だしおかしいとか異常とか言われるのは心外だ。

「高木様のレベルは、十六階層において決して低いものではありません。むしろ短期間でのレベルアップは目を見張るものがあります。ただ単独パーティで百鬼を相手にできる様な圧倒的な数値ではないんです。たとえ高木様のサーバント三体が上位種だとしてもです」

「そう言われても、なんとかなりましたよ。最後は動けなくなるまで頑張りましたけど」

「う～ん、実際に魔核もお持ちいただいていますし、嘘をつく意味がないので信じるほかないのですが、完全に規格外です。サーバントを含め、過去にお聞きしたエンカウントしたバンパイア等も完全にイレギュラーです」

「イレギュラーですか？」

「はい。高木様がなのか、パーティ全体がなのかはわかりかねますが、最近の高木様は明らかに特異です。普通の探索者は、こんなに色々ないんです」

「そうなんですか？」

改めて第三者から言われると、自分はちょっと普通ではないという事を再認識してしまう。

実は薄々自分でも気づいてはいた。

普通の探索者に比べて色々あるなとは思っていた。

百鬼夜行だけじゃなく、スタンピードやブーメランパンツの件も普通ではないのは気づいていた。

ただこれが因果の調べによるものなのか、それとも不幸体質の為なのかは自分では分からない。

俺自身にもわからないのだから日番谷さんに理解できないのも当然なのかもしれない。

結局、イレギュラーが頻発しているのは確かだけど原因はわからないという結論に達し、その話題はそこで終わりにする。

「それで買取はどうですか？」

「魔核は八十五個で百五十四万円になります。戦斧の方は魔力を帯びているので魔斧扱いとなりまして五百万円です」

「それじゃあ魔核は全部売却でお願いします。戦斧は一旦持って帰ってもいいですか？」

「はい、それでは魔核の買取金額はパーティの皆様の口座に均等振り込みでよろしいですか」

「はい、それでお願いします」

一個当たりの単価は思っていたよりも高かったけど、やはりシル達に十個ずつ渡したのが響きかなり金額が減ってしまった。

「海斗、戦斧を売るのはやめるの？」

「いや、もう一箇所持っていきたいところがあるんだ」

そう言って俺は、ダンジョンマーケットへ向かいおっさんの店に進んだ。

「こんにちは」

「おお、坊主か。今日はいつもとは違うお姉ちゃん連れてんのか？」

「この二人は俺のパーティメンバーです」

「おいおいマジかよ。お前ってまさかのハーレムパーティだったのか？　信じられね〜けど、時代が変わったのか。まさかこんな奴が」

相変わらず失礼なおっさんだな。

「今日は買取の見積もりして欲しいんですよね」

「珍しいじゃね〜か。物は何だよ」

「これなんですけど」

そう言って俺は戦斧をカウンターの上に置いた。

「戦斧か……」

「はいドロップしたんですけど俺達は使わないんで売りたいんですよ。ギルドでも見積もり取ったんですけど、せっかくだからいつもお世話になってる店長さんのお店にと思って」

「そ、そうかよ。流石お得意様だな。俺の事を思い出してくれて嬉しいぜ！　ちょっと待ってろよ、鑑定してくるわ」

　そう言っておっさんは嬉しそうに戦斧を持って奥に下がっていった。

　あんなに嬉しそうなおっさんを見たのは『ドラグナー』を俺が買った時以来だ。結構あのおっさんってチョロインキャラだったりするのか？

　ただ強面おっさんのチョロインキャラか。世間的に需要がない気がする。

　十分程待っているとおっさんが戻ってきた。

「おい坊主、これ魔戦斧じゃね～か。それなりに需要のあるもんだぞ。お前ら何階層でこれ手に入れたんだ？」

「十六階層のボス部屋です」

「なるほどな。それじゃあ坊主、今は十七階層に潜ってんのか？」

「いえ、それはこれからです」

「やっぱハーレムパーティ組むだけあるじゃね～か。人は全く見かけによらね～な。それで値段だがよ、せっかく持ってきてくれたんで頑張らせてもらうぜ。五百五十万でどうだ？」

　おお、いきなり五十万円アップした。

　これで売ってもギルドより得だな。

　だけど……。

「店長さん、この魔戦斧結構人気なんですよね。じゃあ買ったらすぐ売れたりしますよね。売る値段っていくらですか？」

「ああ⁉」

　おおっ、怖い。怖いけどここは引くところじゃない。

「いや、だって店長さんのお店にこれがあったらすぐ売れちゃうじゃないですか。だから俺もこのお店に是非売りたいんですよ。でも……もう少しなんとかなりませんか？　俺達も命懸けてるんです」

「……そうだな。俺が悪かった。六百万出そう」

　おおっ！　更に五十万上がった。流石にこれ以上は強欲すぎるか。

「わかりました。それでお願いします」

「坊主、俺が思ってたより熱い奴だったんだな！　これからもよろしく頼むぜ！」

　そう言っておっさんが笑顔で握手を求めて来た。

やっぱりこのおっさんチョロインキャラか。

まあ人に好意的な握手を求められて悪い気はしないのでしっかりと両手で握り返しておいた。

初めて握るおっさんの手は分厚くて妙に温かかった。

商談は終わったので魔戦斧と引き換えに六百万円を入金してもらってから店を後にする。

「海斗、今の何なの？　海斗って交渉とか得意だったの？　百万円も高く買ってもらえたじゃない」

「いや、いつもあのおっさん相手に春香が交渉してるのを見てたから真似してみただけ」

「海斗、真似出来るだけ大したものだが、春香さんもかなりのものらしいな」

「そうですね。値段交渉は俺よりも数段上だと思います」

とにかく百万円高く売れたので、魔核のマイナス分を取り返す事が出来た。

これで、ミクに立て替えてもらってた七十万円を無事返す事が出来る。

よかった。

「これからどうしようか。十七階層に行ってみる？」

「ヒカリンが一緒の方がいいと思うけど」

「そうだな初めての階層だしヒカリン抜きはやめておいた方がいいだろう」

　少しでも進みたいところだけど確かにその方がいい気がする。

「それじゃあみんなで一階層を周回しますか？」

「一階層？　それはちょっと……」

「スライムでは、鍛錬にならないな」

　やはりというか残念ながら彼女達には一階層の素晴らしさを理解してもらう事が難しい様だ。

「それじゃあ十六階層に行きましょうか。それならヒカリンがいなくても大丈夫だと思うんですけど」

「そうしましょう」

「また鬼を狩れると思うと滾るな」

　相変わらずあいりさんはおかしな事を言っているけど、二人共賛成の様なので十六階に向かう事にした。

「あの～。実は今日魔核の予備がなくてですね、現地調達しないといけないんです。『ドラグナー』が使えないのとシル達のご褒美も現地で調達する必要があるんで、余りお金にはならないと思います」

「そうね、先にある程度の魔核を集める必要があるわね」

「全く問題ない。シル様とルシェ様と共に鬼を倒せるだけで十分だ」

魔核が無いせいで『ドラグナー』も使えないし俺も退院後初めての探索なので少し不安もある。

既に踏破した階層だけど、ここは慎重に進みたい。

「ご主人様、鬼が三体です」

「よし、シルとルシェは待機。魔核が無いからスキルを発動するのは禁止だ」

「おい！　海斗魔核がないってどういう事だ！」

「どういう事ってこの前ルシェ達が全部吸収しちゃったんだよ」

「なっ……。魔核なしでサーバントを召喚するってバカじゃないのか？　このバカ！」

「今から集めるんだよ、ちょっと待ってろって」

歩いて行くとすぐに袴鬼と女鬼が現れた。

「女鬼はベルリアに頼む。俺とあいりさんは袴鬼をやりましょう」

ベルリアは新しい魔刀が嬉しいのか、異常にテンションが高い。

「すぐに刀の錆にしてやる！　魔刀を持った私の敵ではない。二刀の舞をじっくり味わえ！」

テンションが上がっているせいか、言ってる事も少しおかしい。

すぐに倒すと言っているくせにじっくり味わえと重ねている。

どう考えても矛盾していると思うけど、俺以外のみんなはスルーしているので、まあ俺も突っ込むのは控えて戦闘に集中しよう。

魔核がないのでバルザードの威力も半減しており、それをカバーするべく魔氷剣を発動させて袴鬼に向かい即交戦状態に入る。

袴鬼が二刀を振るって来たので、避ける為に魔氷剣で応じながら後ろに下がるが、ボス部屋での戦いの様に鬼の二刀がゆっくりと通り過ぎる事も、俺だけが素早く動ける事もなく、通常の速度で全ての動作が流れていった。

「あれ？」

あの特別な感覚に慣れてしまっていた為に違和感が凄い。

これが当たり前の速度なのに、相手が速くなって逆に自分は遅くなった様な錯覚に陥る。

攻撃を避けた俺は相手の攻撃を避けると同時に踏み込んで倒しにかかるが、やはり思った以上に感覚と身体の実際の動きにズレがある。魔氷剣を振るうタイミングが遅れてしまい鬼にダメージを与える事が出来なかった。

「海斗〜！　何をやってるんだ、空振ってるじゃないか！　鈍ってるのか！」

後方からルシェの叱咤が聞こえるが、その通りかも知れない。俺は入院している間の数日で鈍ってしまったのかも知れない。ただそんな事は目の前の鬼には関係のない事なのでとにかく倒す事にだけ集中する。

再び攻撃に転じた鬼の二刀を意図的に大きめの動作で回避して、回避中にその後の攻撃をイメージして、刀を躱した瞬間にイメージをトレースして身体を動かし攻撃をかける。

俺が振るった魔氷剣は鬼の身体を捉え、右腕を斬り落とす。

「ガアアァァアア！」

鬼が痛みに叫び声を上げる。

速く動けないのであれば、動くよりも先にイメージを固め、それをトレースする事で動作の動き出しを速める。

腕がなくなった鬼の右側に回り込み、斬り込むと腕を失い右側からの攻撃を防ぐ術を失った鬼はあっさりと消滅した。

あいりさんとベルリアの方を見るとまだ戦闘中だ。

ベルリアは女鬼を圧倒して、もう勝負はつきそうだけど、ベルリアの刀はそれぞれ炎と風を纏っている。

魔刀を振るう度に効果が発動するようで、女鬼はまともに受け流す事が出来ず徐々に手傷を増やし、足が止まるのも時間の問題に見える。

あいりさんは、袴鬼と差し合いをしているが、新しいスキルである『ダブル』を発動して薙刀を振るうのが見えた。

その瞬間振り下ろされた薙刀がぶれて二刀となり、そのまま防ぎ損ねた鬼を斬りダメージを与える事に成功した。

『ダブル』の手数が倍になるってこういう事か。

発動の瞬間、物理的に攻撃が倍になる。相手からすると突然攻撃が増えるので、対応が遅れる。

あいりさんがダメージを負った鬼の首を返す刀で刎ね勝負は決した。

「あいりさんの『ダブル』って凄いですね。攻撃が増えるってマジックみたいですよ」

「ああ、かなり使い勝手が良い。初見でこれを防ぐのは相当難度が高いと思う」

「海斗、次は私もやってみていい？」

「ああ『ライトニングスピア』だよな。次の敵に頼んだ」

俺は床に残された魔核を三つ集めて俺の取り分である一個を『ドラグナー』に吸収させる。

これでようやく『ドラグナー』を最低限使えるようになった。次はバルザードの分を確保したい。

戦闘時に感覚のずれから少してこずる場面はあったけど鬼殺しとレベルアップの効果もあり、最終的にはあっさりと倒す事が出来た。

感覚のずれも、何度か戦っているうちに薄らいでいく事だろう。

更なる魔核を求めて探索を続ける。

「ミク！　その小鬼を頼んだぞ！」

「まかせて」

次に出てきたのは小鬼だった。ミクの新しい魔法を試すには丁度いい相手だ。

「それじゃあ、いくわよ。『ライトニングスピア』」

ミクが魔法を発動した瞬間、閃光が走り、次の瞬間には着弾していた。小鬼が雷の槍をくらい地面に倒れている。ダメージから動けなくなっているので俺がとどめをさした。

シルの雷撃のように一撃で消し去る程の威力はなさそうだが、雷だけあってそのスピードは光速。

光った瞬間には着弾していた。

スピットファイアと併用して使えば、以前よりも間違いなく火力アップする。

「ミク、やったな」

「うん、やったよ。ついにモンスターを倒せる魔法が使えるようになったわ。今までサポートしか出来なくて、ボス部屋でも役に立てなかったけど、これで戦えるわ」

確実にみんな強くなっている。

シルとルシェの力を借りなくても十分に戦えている。

この日は一日十六階層の鬼を倒して回ったが、探索の順調さとは比例せず残念ながら魔核は殆ど貯まる事がなかった。

やはり、シルとルシェの食欲は半端ない。

第二章　タイムリミット

翌日に再びダンジョン前で待ち合わせたけど、ヒカリンはまだ風邪が治らないとの事で休んでいた。

「ミク、ヒカリンって風邪がひどいのかな」

「私もメッセージのやり取りだけだから詳(くわ)しくは分からないのよね」

「みんなでお見舞いとか行ったほうがいいかな」

「一応私も昨日聞いてみたんだけど、そんな大した事ないから来なくていいって連絡があったのよね」

「そうか～、まあ本人がそう言うなら大丈夫なんだろうけど、ちょっと心配だな」

「あいりさん、今日の探索どうしますか？」

「まあ来週になればヒカリンも戻って来るだろうから、それまでは十六階層でいいんじゃないか？」

「あの～一階層は？」

「うん、それはない」

「多分レベル22で一階層を探索してるのは海斗だけだと思うわよ」

「いや、だって一番効率がいいんだって」

結局二対一の多数決でこの日も一日十六階層を探索し鬼を狩って回る事になった。


パーティでの一階層探索はあきらめ、平日の放課後に念願ともいえる一階層で探索をしているが、やはりここは落ち着く。モンスターの襲来に神経を尖らせる必要もなく自分のペースで探索出来るので正にダンジョンでのマイホームといった気分になる。

「一週間以上来れてなかったからな〜。昨日も魔核はギリギリだったし今週一週間頑張らないと週末の探索に影響が出る。魔核が不足している状態で十七階層は厳しい」

「海斗、ベルリア、頑張れよ！　魔核がもらえないダンジョンなんている意味がないからな！」

「はい。ルシェ姫、このベルリア精一杯頑張ります」

「そういえばベルリアの武器も魔刀になったんだし、その刀であっさり倒せるんじゃないか？」

通常の剣とスライムは相性が悪かったけど魔刀であれば付加効果で難なく倒せそうな気

がする。

「やってみます」

しばらくスライムに対して俺は攻撃を控え、ベルリアの戦いを見守ることにした。結果炎の刀は、斬りつけるとスライムを蒸発させながら斬り裂きあっという間に倒す事ができた。ただ、もう一本の風を纏った刀は残念ながらダメだった。風が一瞬スライムを刻むものの、すぐに元に戻ってしまい、薄い刃の刀ではなかなか倒す事が出来ずに苦戦してしまっていた。

やはりスライムは攻撃力が皆無で弱いけど倒すには相性が大事らしい。

思いつきでベルリアが炎の魔刀を振るう際に殺虫剤ブレスを吹きかけてみたが一気に吹き出し口まで炎が回り、焦って殺虫剤の缶を手放してしまった。

やはり戦闘中に思いつきで余計な事はするものではないと痛感してしまった。

危うく引火爆発を招いてダンジョンで大惨事になるところだった。

そこからは、ベルリアは炎の魔刀を使い、俺は大人しく殺虫剤ブレスを使ってどんどんスライムを倒していった。

スムーズな連携を確立したおかげでスライムとの戦闘時間は少し短縮された。ただスライムのエンカウント率は変わらない為、魔核の獲得数は、ほぼ横ばいで一日で三十五個が上限となっている。

五日間で二百個を目標に頑張ったけど金曜日終了時点で少し足りなかった。

ただこれで土日は思う存分魔核を使用する事が出来そうなので、シルとルシェの新しいスキルも試してみたいと思う。

そしてこの一週間は俺にしては珍しく学校以外でも家で勉強をした。

約束通り俺が休んでいた三日間のノートを春香が貸してくれたので、それを見ながら復習していた。

「やっぱり、俺とは違うな」

春香の貸してくれたノートは俺のノートとは全く違った。

まず字が細くて綺麗。字だけで女の子のノートと一目でわかる。

そして俺のノートはとにかく授業の板書をそのままの順番で羅列しただけだが、春香のノートは要点にマーカーが引いてあり、わかりやすいように整理して書かれてある。

正直教師がこれを基に板書すれば、みんなもっと頭が良くなるんじゃないかと思う。

授業を受けていないのにノートを見ただけで、教科書の内容が理解出来る。流石は春香だ。ノートの書き方がここまで違うとは思わなかった。

やっぱり授業に対する理解度が違うのかもしれない。

俺はとにかく授業中集中して覚える。とにかく全部覚える。覚えたら答えが書ける。それを基本にやってきたけど、これを見てしまうと受験もあるので勉強の仕方も少し変える必要があるかもと思わされる。

いずれにしても、入院でもお世話になったしノートのお礼もしなければならない。どんなお礼が良いだろうか？　スイーツのセットとかがいいかもしれないけど、よく考えてみると春香の誕生日が近いのでそれも何か考えないといけない。

春香の誕生日は四月三十日。俺は五月で十八歳となり成人を迎えるけど大人になると何か変わるんだろうか？　残念ながら今のところ全く実感は湧いていない。

§

一階層で魔核を集め終え今日から遂に十七階層を探索する。

「おはよう」

「うん、おはよう」

「今日もいい春日和だな」

「あれ？　ヒカリンはまだ来てないの？」

「それが、メッセージが届いて今週も休むって」

「え？　今週も休みなのか？　それって大丈夫なの？　もう二週間だぞ」

「私も心配なんだけど、電話に出ないし、メッセージでただの風邪だっていうからそれ以上は聞き辛くて」

　いや、俺でも完全復活しているのにどう考えても長すぎる。

「俺ヒカリンのパパの連絡先知ってるからちょっと電話していいかな」

「うん、お願いね」

「それがいい」

　俺は早速以前登録したヒカリンのパパの番号に電話をしたが、やはり緊張してしまう。

「はい、高木です。お久しぶりです。はい……ヒカリさんは………はい。そうなんですか？　はい……じゃあ教えてもらっていいですか？　はい……待ってくださいね……じゃあ今から、はい」

「どうかしたの？」

「ああ、ヒカリンなんだけど入院してるって」

「え⁉　うそでしょ⁉」

「どうしたんだ？」

「ボス戦から帰ってから俺と一緒で寝込んだみたいです。ただ、ヒカリンは元々身体が弱いのであまり良くないみたいです」

「そんな……メッセージでは一言も」

「それで病院名を聞いたのか？」

「はい、探索はいったん取りやめて今から行ってみませんか？」

「もちろんだ」

それからすぐに俺達三人はヒカリンのパパから聞いた病院へと向かった。

「この部屋みたいです」

「じゃあ入りましょう」

『コンコン』

「はい、どうぞ」

中からはヒカリンのママらしき人の声が聞こえてきた。

俺は病室のドアを開けて中に入るが、奥のベッドにヒカリンを見つけて一瞬動きが止まってしまった。

ヒカリンは俺同様にベッドで寝ていた。ただ、俺の時には無かったカニューレを鼻につけて酸素吸入をしており、二週間前と比べて顔色が悪く明らかに痩せているのがわかった。

なんだ？　なんでヒカリンは。

「海斗さん……ミクさんとあいりさんも。パパが教えたんですね」

ヒカリンがベッドから声をかけてきてくれたけど明らかに声に張りもない。

「ああ、うん。心配で電話したら教えてくれたんだ」

「そうですか……ちょっと風邪をこじらせてしまって入院なのです。多分来週にはダンジョンに潜れると思うのです」

「そう」

素人（しろうと）の俺が見てもそれは嘘だとわかってしまう。それ程にヒカリンは……。

「ヒカリン、実は俺も階層主戦の後入院してたんだ。三日間一歩も動けなくてミクに低級ポーション二本と中級ポーション一本買ってきてもらってようやく退院したんだ」

「そうそう、海斗はベッドに張り付け状態でオムツしてたのよね」

「海斗それは初耳だがそうなのか？」

「ミク！　みんなの前でそれを言う？　ああ、そうです。その通りです。今時のオムツはすごいんです。最強ですよ」

「ふふっ……。海斗さん退院できて良かったですね」

「ああ、ヒカリンもすぐに退院出来るって。俺達も今は十六階層をまた探索してるからゆ

っくりでも全然大丈夫だけどな」

「早く十七階層に行ってみたいですね……」

「そんなのすぐだって。攻略だってあっという間だよ。みんなレベルアップして今までよりもパワーアップしてるから」

「そうですね」

その後しばらくヒカリンと話して、心配は尽きないけど余り長くなるのも良くないと思いそこそこの時間で切り上げる事にした。

「ヒカリン、それじゃあまた来るから」

「はい」

そう言って病室を出て俺達三人は病院を後にした。病院を出るまで誰一人言葉を口にしなかったが、みんな分かっていた。

ヒカリンの身体の状態はかなり良くない。

病院を出てから俺から二人に声をかけた。

「ヒカリン良くないですよね」

「うん……びっくりした」

「ああ、良くないな。海斗の話では、後数年は猶予があるという話じゃなかったか？」

「そう聞いてたんですけど、ヒカリンのパパにもう一度電話してみます」

俺は再びヒカリンのパパに電話をかけた。

「はい、今病院を出ました。どうしてあんなに……はい。そんな…………はい。じゃあ……そうです。なんで…………そうですか。俺が、俺達が何とか……はい。任せてください。はい、それでは」

ヒカリンのパパとの会話を終えて電話を切った。

「何となく聞こえたけど……」

「ああ、やっぱりヒカリンの状態は良くないみたいだ。特に影響が出たのは魔力切れのせいかもしれない。地上に戻った次の日には急激に体調が悪化して、それから悪くなる一方らしい。ポーションも飲んだりしてるみたいだけど効果は薄いみたいだ」

「それじゃあ、ヒカリンはこのままだと」

「はい、厳しいみたいです。今回の事がきっかけで想定してたよりも悪化したみたいです」

「そんな……」

「俺はヒカリンを助けると約束したんで約束を果たすつもりです」

「でもどうやって霊薬を？」

「十七階層をクリアしましょう。それでダメなら十八階層も攻略してボスドロップを狙いましょう」

「私もそれしかないとは思うけど、十五、十六階層では出なかったのに都合良く十七階層で出るかしら」

「でもそれ以外に霊薬を手に入れる方法が俺にはないんだ」

「私もそれしかないと思う」

「そうだな、それしか無いだろう。ヒカリンがいないから後衛はミクに任せる事になるがそれでも行くしか選択肢(せんたくし)はないな」

みんな分かっている。ヒカリンにはもう時間がない。少し前までは後数年あるのだから、どこかの層のボスドロップか何かでどうにかなるだろうと思っていた。

だが、さっきのヒカリンのこの二週間での衰弱(すいじゃく)度合いを見てしまうと、後一ヶ月でも本当に大丈夫なのかと心配になるレベルだった。

このまま衰弱していくとは考えたくはないけど、そう遠くないタイミングで……。

「俺は少し無理をしてでも探索のペースを早めるべきだと思います。シル達(たち)もレベルアップしましたし、前衛に立ってもらって突き進むのがいいと思います」

「魔核(まかく)は大丈夫なの？」

「先週の間に十分な量を確保しているからこの土日だけなら思いっきり行けます。平日はまた魔核を集めるんで大丈夫です」

「分かった。それじゃあ海斗に任せるよ」

俺達は急いでダンジョンまで戻ってきた。既に時刻は十三時を回っている。

正直一分一秒が惜しい。

俺は装備を整えてからダンジョンへと踏み込み『ゲートキーパー』で十七階層へと飛んだ。

「シル、ルシェ、ベルリア、ヒカリンの容態が急変してもう時間が無いんだ。この十七階層を最短で攻略したい。どうしてもボスドロップで霊薬が必要なんだ。シルこの階層は最初から前で戦ってくれ」

「はい、かしこまりました」

「おい、ヒカリンはそんなに悪いのか？」

「ああ、良くないな。霊薬が無いとまずい状況だ」

「そうか……」

「ルシェも積極的に戦闘に参加してくれ」

「ああ、分かった」

これで十七階層といえども、必ず攻略出来る筈だ。俺とベルリアを先頭にして初めての十七階層の探索を始める。

「シル、どうだ？　敵の気配はあるか？」

「いえ、今のところ反応はありません」

「海斗、焦っているのは分かるが、落ち着け。焦っていると足下をすくわれるぞ！　まずは着実に進んで、確実に攻略する事に集中しよう」

「はい、そうですね」

頭ではあいりさんの言葉が理解出来ているが、心と身体が焦りを感じてしまう。

俺の焦りをよそにまだモンスターとの戦闘は起こっていない。

サーバントの新しいスキルも試してみる必要があるけど、シルの『祈りの神撃』は発動時の俺の消費ＭＰがはっきりしないので使いづらい。

最初に使ってＭＰが大幅に削られてしまうと探索に支障が出てしまうので様子を見ながら使ってみたい。

「ご主人様、モンスターがいます。前方に四体です」

「よし、じゃあ話した通りで行こう。ルシェの『炎撃の流星陣』も試してみたいから機会があれば使ってみてくれ」

「ああ、わかった」

俺もバルザードとドラグナーを携えて前方へと進んで行く。

「なあ、シルあれって……」

「そうですね。ドラゴンの仲間ですね」

「そうだよな、だけど少し小さいか？」

「あれはドラゴネットだと思います」

ドラゴネットか。小型もしくは子供のドラゴンだけど、見た目は完全にドラゴンだ。

ドラゴネットとはいえドラゴンには違いないので油断は出来ないけど、ダンジョンに潜る者にとってドラゴンには一種の憧れがある。

以前の階層で超小型のやつと戦ったがあれはドラゴンというよりはトカゲだったし龍もちょっとイメージとは違った。

ドラゴンといえばブレスと爪や牙、そして尻尾での攻撃か。

とりあえずブレス以外は近接専門だと思う。まずは遠距離から攻撃をかけてみるか。

「おい、海斗！　やっていいのか？」

「ルシェやれるのか？」

「わたしのことを馬鹿にしてるのか？　やれるのか？　やれない筈ないだろう。バカなのか？」

「そう。じゃあせっかくだからやってみる？」

「じゃあ、その小さい目を大きく見開いてしっかりみてろよ。大きな蜥蜴が集まったところで蜥蜴は蜥蜴だろ。くらえ！『炎撃の流星陣』」

あ、これ結構やばいやつかも。

『ゴゴゴゴゴゴゴ』

上からなのに何故か地響きのような音をたてながら、大型の火球が降って来た。かなりの広範囲に一気に降り注ぐ。

「みんな下がれ！」

あまりの熱量に身の危険を感じて、全員で後方へと走って避難する。避難している最中にもドラゴネット四匹に向けて無数とも思える火球が降り注いでいる。

眼前が火球に埋め尽くされてドラゴネットの姿が見えなくなってしまった。

確かに『爆滅の流星雨』の隕石と比べると一発一発の威力はかなり落ちているようにも見えるが、数の暴力ともいえるような火球による集中攻撃の熱量は凄まじく、後方に下がっても、熱風が襲って来る。

これは反則級だ。この階層では完全なオーバーキル。十六階層のボス部屋でこれが使えていればもっとあっさり攻略出来ていたかもしれない。それ程の火力。

「やったか？」

流星陣が止み、前方が晴れてくると、ドラゴネット四匹の姿は既に消え去っていた。

「ふふん。海斗どうだった？」

「どうだったって、ドラゴネットが瞬殺というかいなくなったんだけど」

「当たり前だろ！　蜥蜴なんか燃やして終わりだ」

「一応蜥蜴じゃなくてドラゴネットな」

「どっちも一緒だろ」

ルシェのステータスを確認して驚いたが、何とMPが50も減っていた。

今まででMPを一度にこれほど消費した事はなかった。

ルシェの２００を超えるMPがあったとしても四発が限界、しかも他の攻撃もあるので実際には一回の探索で一度か二度使えればいい方だろう。

「おい！　忘れてるだろ」

「えっ？　何を？」

「魔核だよ魔核！　お腹が空いたんだ」

「ああ、それじゃあこれ」

俺はルシェに魔核を三個渡した。

「馬鹿にしてるのか？　全然足りないぞ」

三個で足りないのか。やはり威力に比例して欲しがる魔核の量も増えているのか？

「それじゃあこれだけな」

そう言って二個を追加して五個を渡す事にした。

「ご主人様、今回私は何もしていないので大丈夫です」

「ああ、シル助かるよ。正直このペースでみんなに渡してたらもたない。省エネで行こうか」

探索の一発目からこのペースで使っていたら、いくら魔核が二百近くあってもあっという間になくなってしまう。今はシルの厚意に甘えておこうと思う。

ドラゴネットが消えた後には普通に魔核が残されている。

当たり前といえば当たり前だけど、ドラゴンといえども通常のモンスターと変わらない。以前の龍よりもファンタジー感が増してテンションが上がるけど、悪魔の敵ではなかった。

それにしても『炎撃の流星陣』はとんでもないスキルだった。

レベル5でキリが良いのでボーナススキルとかなのか？

となれば同じくレベル5でシルに発現した『祈りの神撃』もとんでもスキルの可能性が

高い。

いざという時にぶっつけ本番で使うのはリスキーすぎる。かなり勇気はいるけど次の戦闘で一度使用しておいた方が安心だ。

最悪、低級マジックポーションがあるので、俺があの味を我慢さえすればなんとかなると思う。

「シル次現れたモンスターに『祈りの神撃』を使ってみてもらっていいか？」

「はい、もちろん私は大丈夫ですが、ご主人様は大丈夫ですか？」

「……」

これはやはりあれか？　俺が大丈夫じゃなくなるスキルっていう意味か？

「あっ、ご主人様奥にモンスターが三体います」

「そうか……じゃあシル頼んだぞ。ベルリアが一体、俺とあいりさんでもう一体をやりましょう」

進んでいくと現れたモンスターは、やはりドラゴン。ドラゴネットよりは少し大きいが、三体のうち二体は普通に空中を羽ばたいている。

「ミク、あれはなんのドラゴン？　ドラゴネットじゃないな」

「あれは翼竜だけどサイズが小さいから多分ワイバーンね」

「ああ、あれがワイバーンか」

ワイバーンといえば竜の中では下位種のイメージがあるけど実際に見るとかなり立派だ。普通に、あれこそがみんなの知ってるドラゴンだといわれれば間違いなく信じるレベルだ。

「シルは地面にいるのを頼むな。俺達は飛んでいるのをやるから」

「はい、かしこまりました」

俺達が進んで行くとワイバーンもこちらを認識して襲いかかって来た。

俺は飛んでいる個体に向けて『ドラグナー』を放つ。

銃が蒼白く発光し、放たれた銃弾は、蒼い糸を引いて一直線にワイバーンへと向かう。

ワイバーンが急旋回した為、ズレて右翼に命中したが、ワイバーンはそのままバランスを崩し墜落した。

「あれ？」

俺のイメージよりも命中時の威力が高い気がする。

俺がレベルアップしたからか？

少し違和感を覚えたが今は戦いに集中する。

「我が主に仇なす者よ、神の怒りを知りなさい。無へ帰せ。『祈りの神撃』」

すぐ横でシルの声が聞こえて来た。見るとシルが神槍ラジュネイトを構えていつもと違う聖句を唱えている。

『祈りの神撃』の声が聞こえた瞬間、俺の身体がうっすらと赤く光り、俺から急激に何かが抜けて行く感じがする。

「ううっ……」

平衡感覚を失い、俺がその場に膝をついた瞬間シルの神槍が赤く発光して槍の周りの空間が歪んで見えた。

そのままシルが神槍をワイバーンに向けて突き立てた瞬間、完全にワイバーンが消えた。

なんだ今のは？

倒したという感じじゃなかった。正しく一瞬で消えてしまった。

ダメージを与えるとか、突き殺したとかとは違い、一瞬にしてワイバーンの存在そのものを消し去ったような圧巻の現象が目の前で起こった。

これが真なる神の一撃。

やはりシルのスキルもとんでもスキルだった。

そして、俺は立っている事が出来ない。

目が回って気持ち悪い。

とてもこの状態では戦えない。

これは魔力切れ？

俺は急いで自分のステータスを確認するがMPの残量は1になっていた。

ルシェのスキル同様一発でMPを50消費した事になるが、問題はそれが俺のMPほぼ全てを意味するという事だ。

このスキルをシルが発動するとその瞬間に俺は魔力切れを起こして戦闘不能になる。

なんてリスキーでピーキーなスキルなんだ。

俺は魔力切れを起こしてしまったので、ふらふらしながら腹巻きから低級マジックポーションを取り出して、思い切って飲み干した。

やっぱり滅茶苦茶まずい。

「ううっ……シル、『祈りの神撃』は当分の間使わないでおこうな。これを頻繁に使ったら俺がもたない」

「そうですか……わかりました。ご主人様のお身体が大事ですから」

シルが残念そうな表情を浮かべている。せっかく発現したスキルなので使っていければ良かったが、一回使う毎に魔力切れを起こして戦闘不能になるのであれば頻繁に使用する事は不可能だ。

やはりルシェの『暴食の美姫』と並んで特A級の危険スキルだと言える。

このスキルは、まず普段使う事は無い。完全なる死蔵スキルだが、残ったワイバーンを相手にベルリアとあいりさんがまだ戦っている。

ベルリアは『ヘルブレイド』を使用して、上空にホバリングしているワイバーンを撃ち落としてから、そのまま近接戦に突入している。本来のドラゴンよりは少し小さいとはいえ、かなりの大きさと迫力のワイバーンと一対一で近接戦闘を繰り広げているベルリアも流石だ。

ベルリアが二刀を使って、ワイバーンの爪と牙による攻撃を防ぎながら、徐々に手傷を負わせている。

炎と風を纏った魔刀はワイバーンの鱗と皮膚も問題にせず、みるみるうちにワイバーンが弱っていくのが見て取れる。明らかに以前の数打ちの剣に比べて武器の性能が上がっているのが目に見えてわかる。

「そろそろでしょう。これで終わりです。『アクセルブースト』」

ベルリアがスキルを使い、炎の魔刀が加速してワイバーンの首を刈り取り、勝負は決した。

一方のあいりさんは俺が墜落に追いやったワイバーンと戦っているが、墜落した事でワイバーンは右半身にかなりのダメージを負っている様で動きが鈍い。

『アイアンボール』

あいりさんが近距離から容赦無く鉄球を叩き込む。

『ライトニングスピア』

鉄球が命中するのと同時に後方からミクの声がして雷の槍がワイバーンの胴体に突き刺さった。

「ギイィアアア！」

ワイバーンの悲痛な咆哮が周囲に響く。

「とどめだ！『斬鉄撃』」

あいりさんが弱ったワイバーンに向けて踏み込んで必殺の一撃を放ち勝負を決めた。

俺は、低級マジックポーションを飲んだ事でようやく動ける様になって来た。

ゆっくりと動き出し魔核の回収に向かうが、倒したワイバーンのうち魔核を回収出来たのは二個だけで、シルが倒したワイバーンからはなぜか魔核を回収する事が出来なかった。

やはりシルの新しいスキルは特殊なので死蔵だ。真なる神の一撃は人知を超えており、俺の限界をも突破している様だ。

「海斗、大丈夫か？　シル様の新しいスキルは凄まじいな。あれならもしかして階層主でも一発で消せるんじゃないか？」

「相手にもよるとは思いますが、可能性はありますね、それと二人も流石です。初見のワイバーンも問題無く倒せましたね」

「さっきのは海斗の一撃で墜落してくれたのが大きかったし、ミクの魔法でほぼ勝負はついていたな」

「ああ、ミクの『ライトニングスピア』はワイバーンにも有効だったし凄いな」

「ええ、ほっとしてる。マジックジュエルを私に使わせてもらって感謝してるわ」

十六階層でのレベルアップにより確実に戦力アップしているのを実感出来た。ただ今回の戦闘で俺はほとんど役に立たなかった。

ワイバーンも探索者が憧れるモンスターの一つではあるが、今回全く楽しむどころではなかったので次回は前に出てしっかりと戦いたいと思う。

少し休憩すると平衡感覚も完全に戻ったので更に十七階層の探索を進めて行く。

「ミク、あいりさん、気を悪くせずに聞いてほしいんですけど、十七階層で霊薬ってドロップすると思いますか？」

「う〜〜ん。普通なら無理ね。絶対に見つけられなくはないと思うけど」

「私も詳しくはないが、霊薬と呼ばれる様なものは二十階層、いや二十五層より下で見つかっている事がほとんどじゃないか？」

「やっぱりそうですか……。ヒカリンの感じからすると俺達が二十階層にたどり着くまでは正直難しいと思うんです。攻略が順調にいったとしても十七、十八、十九階層ぐらいまでがリミットかもしれないと思ってるんです」

「……そうかもしれないわね」

「最大でもチャンスは後三回って事だな」

「はい。それも順調に進んでの事です。ヒカリンがいない分は確実にペースが落ちると思います。それも想定しながら進む必要があると思います」

みんな口には出さないものの、今回の事が難しいという事は理解している。それでもどうにか限られたチャンスを生かして霊薬を手に入れてみせる。

「ご主人様、お話し中ですがモンスターです。この先の右奥に四体待ち構えています」

「それじゃあ、シルもルシエも積極的にいこう。さっきのスキルはなしで」

先程(さきほど)と同じフォーメーションでモンスターの方へと歩を進める。

「やっぱり竜か……」

「ちょっとサイズは小さいけど火竜ね」

「おそらく火竜の下位種だろうな」

ダンジョンの中で進む先が一際明るくなっており、その光源の元になっているのが四体の火竜。

身体の至る所から炎が立ち昇っており、その炎に照らされて竜の周辺だけが明るくなっている。

俺はあいりさんと目配せをして火竜に向かって走り出す。

警戒しながら一気に距離を詰め『ドラグナー』を放つと蒼い閃光を放った銃弾が火竜の頭を完全に撃ち抜いて消滅に追いやる。

「え……」

頑強で怖そうな火竜だったけど『ドラグナー』の一撃で倒す事が出来てしまった。

先程のワイバーンの時にも威力が増しているのを感じたけど、もしかしてそういう事か？

恐らく俺の魔銃『ドラグナー』の名前の由来はドラゴンだろう。

特にドラゴンを想起させる様なデザインでもないのに、この名前なのには意味があるのではないだろうか？

つまり『ドラグナー』はドラゴンに対して特効を持っているのではないかと思う。

多分、火竜とワイバーンへの使用による威力の向上を見る限り間違いない様に思える。

「あいりさん、フォローに入ります」

俺はすぐにあいりさんの方へと走り出してフォローに入ろうと背後に陣取り『ドラグナー』のドラゴンへの特効を検証すべく、火竜の頭を狙い後方から『ドラグナー』を放った。

先程同様に蒼い光を放った銃弾は一直線に火竜の頭を捉え、そのまま破壊した。

もう、間違いない。

完全に他のモンスターに使用した時よりも格段に威力が跳ね上がっているのがわかる。

「海斗、助かったが火竜を一撃って凄くないか？」

「はい、俺もそう思います」

実質一撃でしとめてしまったので、一番先に戦闘を終えることが出来たが、ベルリアとシルは、まだ火竜と交戦している。

「ご主人様が先に戦闘を終えられた様です。これ以上、あなたを相手にグズグズしているわけにはいきません。もう消えてください。我が敵を穿て神槍ラジュネイト」

シルが神槍を発動して火竜に攻撃を仕掛けると、当然の様に消滅に追いやる事に成功した。

やはりシルの攻撃力の前には特効とか関係ない。シルの一撃は全ての敵に対して絶大な威力を発揮するな。

ベルリアは火竜と近接戦を繰り広げており、火竜が噛みつき攻撃を繰り返しているがベルリアはそれを上回る速度で回避を続け、すれ違いざまに斬りつけてダメージを与えている。

火竜の鱗が至る所剥げ落ち、切り口からは血が滴り落ちている。

「私が最後になった様なのでそろそろ終わりにしましょうか」

ベルリアが刀を振りかぶった瞬間、火竜が口をベルリアに向けて思いっきり開いた。

「あっ……」

火竜の口の中には、真っ赤に燃え盛る炎が渦巻いているのが見てとれ、次の瞬間、地響きの様な音と共に大量の炎がベルリアに向けて吐き出された。

ファイアブレス。

火竜による本物のブレス。

当然俺の殺虫剤ブレスに引火させたのとは比較にならない量の炎が火竜の口から放射線状に放たれた。

「ベルリア！」

近距離からファイアブレスを放たれたベルリアは、上空へとジャンプしてファイアブレスを避け、そのまま回転斬りに持ち込み火竜の首を刎ねた。

「ベルリア、大丈夫か？」

「はい、全く問題ありません。蜥蜴の炎など恐るるに足りません」

「だけど良く躱せたな。火竜がファイアブレスを吐くとは思ってなかったよ」

「まあ、少し驚きましたが問題ありません」

正直俺だったらやばかったな。

あの戦いの最中に近距離からファイアブレスを放たれて避けるイメージが湧かない。

いくらステータスが向上していても人間である俺では、ベルリアの様に上空へと数メートルジャンプする事は出来ないし、放射線状に放たれたブレスには逃げ場が無い。マントの耐熱性に期待したい所だけど、あの熱量の炎は流石に防ぐ事は出来ない気がする。

流石に本家本元だけあって他のモンスターのブレスと迫力が違う。掠った程度ならなんとかなるかもしれないが、くらえばただでは済まないだろう。

「ベルリア、流石だな。俺にはブレスを放つ相手に至近距離まで近づく勇気がないから戦い方を考えないとな」

「それは私もだ。ただ近づかずに倒し切ることは難しいからな。口を開けた瞬間『アイアンボール』を叩き込むしかないな」

「あいりさん『アイアンボール』で防げなかった時はやばいですよ」

「その時はベルリアに治してもらうよ」

「はい、お任せください。どれほど焼け爛れようとも、このベルリアが完璧に治してみせます」

仮にベルリアが治せたとしても、あの炎に焼かれると思うと背筋が寒くなる。

「うん、次からは極力距離を取って様子を見ながら戦いましょう。ミクとスナッチも援護を頼むな」

俺としては、さっきのファイアブレスを見て遠方からの『ドラグナー』による攻撃でしとめるの一択だが、それだけではどう考えてもMPがもたないので接近戦も視野に入れざるをえない。

「次は、ルシェもいってみるか。暇だろ？」

「あんな灯火程度でビビってるんじゃないぞ！　本物の炎との違いを見せてやる」

「ああ、期待してるよ」

魔核を回収して進むが鬼の魔核よりは少し大きいし色が少し濃い気がするので一個二万円ぐらいはすると思われる。

最悪、霊薬の類がドロップしなかった場合はオークションでの買取も視野に入れる必要があるので、お金はいくらあっても困らない。

ただ、全員でかかったとしても数億以上のお金を確保する事は容易ではないので高額ドロップは必須だろう。

その上でヒカリンのご両親と相談してお金を用立てて貰えばなんとかなるかもしれないが、現在の俺の所持金では全てを注ぎ込んでも購入額の二割にも満たないだろう。

何となくドラゴンといえば財宝を貯め込んでいるイメージがあるので、出来る事なら金持ちドラゴンにこの階層で遭遇する事にも期待したい。

火竜を退け、マッピングを続けているが俺の言葉に発奮したのかルシェも先頭に並んで歩いている。

「せっかく、わたしがやる気を出してやってるんだから、蜥蜴も早く出てこいよ」

「ルシェ、それは仕方がないだろう。ドラゴンにルシェのやる気は伝わらないって」

「そうですよルシェ、焦らなくてもすぐに現れます。油断してトラップにかかったりしたら大変ですよ」

「シル……それはだめだ」

シル余計な事を言ってはいけない。フラグとなりかねない。全ての不幸は俺に降りかかってくる可能性があるのだから、そういうのはなしでいこう。

俺はシルの余計な一言に怯えながらもみんなと一緒に先へ進んで行く。

「ルシェ、準備してください。モンスターですよ。三体いるのでルシェと私で一体ずつですね。ご主人様残り一体をよろしくお願いします」

「ああ、わかったよ」

「マイロード、最後の一体は私にお任せください。シル姫とルシェ姫が戦っているのに私が戦わないという選択肢はありません」

「じゃあ、任せるよ。ミクとあいりさんも援護に回りましょうか」

珍しく、俺たちの出番は無さそうなので、俺も後方へと移動してモンスターに向かって進んで行く。

「ミク、あれは何ドラゴン？」

「良くわからないけど見た感じアースドラゴンかロックドラゴンって感じじゃない？」

「見たまんまというか適当だな」

奥に見えるドラゴンは全身ゴツゴツした岩の様な物で覆われており、いかにも硬そうな感じだ。

「それではルシェ、行きましょうか」

「ああ、まかせとけよ。瞬殺だ！」

「ルシエ、あの岩みたいなの焼けるのか？」

「バカにしているのか？　わたしの獄炎に焼けないものなどない」

岩が焼けるイメージが湧かないけど、ルシェが大丈夫と言っているので多分大丈夫なんだろう。

俺は後方から三人の戦闘を見学させてもらう事にした。

シルとベルリアがドラゴンに向けて走り出すが、やはりシルの方が速い。

ルシエはその場に留まりスキルを発動する様だ。

「お前如きを燃やせないと思われる事が心外だ！　一瞬で燃やし尽くしてやる。さっさと灰になれ！『破滅の獄炎』」

ルシエが真ん中のドラゴンに向けて獄炎を放った。

「ガァイアアアア～！」

ドラゴンは獄炎に包まれ熱さに悶えて咆哮を上げているが、まだ焼失してはいない。やはり岩を燃やすのは無理なのか？

「ルシェ、まだ燃え尽きてないようだけど」

「うるさい！　黙って見とけ！」

さすがのルシエでも一瞬で燃やし尽くすという訳にはいかないようなので、シル達の方を見ると既に近接戦に入っていた。

戦闘を見ていると二体のドラゴンが口を開いている。

「ブレスが来るぞ！」

火竜同様にブレスを吐くのかと緊張が走るが、口からブレスが放たれる事は無かった。

代わりに地表が隆起して大きな岩の槍のようなものが何本も現れてシル達に迫るが、シルとベルリアはそれぞれ上空にジャンプして攻撃を躱す。

シルはそのまま翔んで空中に留まり、ベルリアはくるっと回転しながら攻撃の範囲外に離脱した。

「足下を狙うとは、モンスターにお似合いの姑息な攻撃ですね。そろそろ消えて無くなりなさい。我が敵を穿て神槍ラジュネイト」

ラジュネイトが光を放ち、シルが空中から加速して神槍の一撃をドラゴンに放つと、ドラゴンの岩のような外皮は砕け散り、背中に大きな穴を開けて消失した。

シルの空中からの神槍は初めて見たかもしれない。

だが、思った通りシルにはドラゴンの外皮が岩だろうが、そんな事は全く問題ではなかったようだ。

残るドラゴンは後二体。

その内一体は絶賛燃え尽き中なので実質残るは後一体。

ベルリアもドラゴンによる攻撃をジャンプで躱して空中から『ヘルブレイド』を放つ。

『ヘルブレイド』には、炎の魔刀の力も加わっているらしく、黒く燃え上がった斬撃がドラゴンに向けて放たれた。

「ガアアアッ！」

ベルリアの放った一撃はドラゴンの右肩口に命中し、岩のような外皮を砕き大きなダメージを与える事に成功したようだ。

肩口を大きく抉られたドラゴンはバランスを崩してくずおれた。

着地したベルリアが一気に加速してドラゴンに接近して斬りつける。

やはり見た目通り外皮の防御力は高いようで、魔刀の一撃でも簡単に斬り刻むという訳にはいかないようだが、ドラゴンは確実にダメージを蓄積させている。

「これで終わりです。この二刀の前に敵無し！『アクセルブースト』」

ベルリアがとどめに必殺の一撃を放ちドラゴンは完全に沈黙した。

「ベルリアやるな～。ドラゴン相手に何もさせなかったな」

「マイロード、この二刀を賜ったのですからこの程度は当たり前です」

これで二匹は消滅した。残るは……。

「ルシエ、どうだ？」

「は〜？　だからもうすぐだって言ってるだろ。男のくせに気が短いんだよ」

「どう考えてもルシェの方が短いだろ」

「あ〜？　今じっくりと焼き上げてるんだ。そこでゆっくり見とけよ」

見る限りドラゴンは獄炎に包まれ虫の息だが、最初に攻撃した割に、最後まで倒す事が出来ていない。

　ルシェは認めようとしないけどこのドラゴンと炎は相性が悪いようだ。

「そろそろかな」

「だから〜うるさい！」

「ベルリアはどう思う？」

「はい、ルシェ姫の完封勝利かと」

「まあ確かに、ドラゴンも全く動けてはいないから完封勝利には違いないけど、ちょっと遅くないか？」

「いえ、じっくりと油断せず確実にしとめた結果かと」

「ものは言いようだな」

「くっ！　殺されたいのか？」

今まですぐに燃え尽きる事が多かったので気がつかなかったけど、どうやらルシェの獄炎は基本敵が燃え尽きるまで消える事はないようで、今も凶悪な炎が燃え盛っている。

「あ……」

目の前で絶賛燃えていたドラゴンがついに事切れたようで消滅してしまった。

「ふんっ！　どうだ海斗！　見たか！」

「ああ、じっくり見たよ」

「ルシェ姫流石です。このベルリア、ルシェ姫の獄炎の威力に感服いたしました。じっくりと焼き上がる仕上がりが素晴らしかったです。シル姫も見事な一撃でした。空中から正に一撃必殺。瞬殺でしたね」

「ベルリアも上手く倒せたようですね」

「はい、ありがとうございます」

「おい！　ベルリア〜！」

「はい！」

「バカにしてるのか。お前も燃やして欲しいんだな。いい機会だ獄炎の威力を直に体験してみろ！」

「ルシェ姫、それだけはお許しください」

「ルシェとベルリアは仲がいいですね」

「シル！　これはそんなんじゃないぞ」

今回のドラゴンだけど先の火竜よりも俺たちのパーティにとっては難敵だったのは間違い無い。

俺の『ドラグナー』とあいりさんの『アイアンボール』ならあの外皮を貫けるか？

やってみないとわからないけど簡単ではない気がする。

「ルシェ、次も同じ敵だったらどうする？　俺がかわろうか？」

「ふざけるな！　わたしがやるに決まってるだろ。今度の蜥蜴は瞬殺してやる」

「じゃあ、まあ、頼んだ」

「ふん！　それよりいつまで待たすんだ。早くくれよ」

「あ〜、そうだな。今回は獄炎一発だけだから魔核は一個だぞ」

「くっ……けち」

無事に三体のドラゴンを倒す事に成功したので、俺はマジック腹巻きからスライムの魔核を取り出してベルリアを含む三人に一つずつ渡した。

地面の魔核を拾い上げ一息つく。

「この辺りでお昼ご飯にしようか」

「そういえばお昼まだだったわね」

「ああ、そうしよう」

お昼を過ぎてから潜り始めたので時刻としては既に夕方が近づいている。

ただメンバー三人共がヒカリンの事で頭がいっぱいで、まだお昼ご飯を食べていなかった。

俺は腹巻きから、コーンマヨネーズパンと油味噌のおにぎりを取り出して食べる準備をする。

「海斗、そのおにぎりって初めて見るけど油味噌ってなに？」

「俺も去年初めて食べたんだけど、この油味噌って沖縄では一般的みたいなんだ」

「油で出来た味噌なの？」

「甘辛な味噌で、なんで油味噌っていうのかは俺もわからないけど、ご飯のお供って感じですごく美味しいんだよ」

「へ～っ。今度私も食べてみようかしら」

「ああ、これはかなりおすすめだよ。最近コンビニでも時々売ってるから」

「コンビニか～私コンビニにあまり行かないのよね」

「ああ、そうなのか」

去年から俺がハマっているのが油味噌のおにぎりだ。去年見かけて食べ始めたのだが、通年の定番という訳ではないのか、春から夏にかけて頻繁に食べていたのにいつの間にか姿を消していた。

残念に思っていたら、今日また発売されているのを発見して、即買ってきたのだ。食べてみると、去年食べていたのと同じ味がしてやはり食が進む。

「あいりさんは食べたことありますか？」

「ああ、おにぎりじゃなくて瓶に入ったのを食べた事があるよ」

「瓶に入ったやつですか？」

「ああ、以前沖縄にデモンストレーションに行った事があって、その時にもらったんだ。アツアツのご飯にのせて食べると美味しいよ」

「へ～っ、食べてみたいですね。沖縄ですか～いいですね～。俺は残念ながら行った事ないです。沖縄といえばやっぱり海ですよね。魚の群れとかと一緒に泳いでみたいですね」

「海斗って泳げないだろう。それに私は泳がなかったけど、聞いたところによると地元の人でも泳がない人は結構多いみたいだぞ」

「え？　そうなんですか？　勝手に海は友達みたいなイメージでしたけど」

「女の人が泳ぐ時は水着じゃなくて普通に服を着て泳いだり、海でバーベキューをしたりする方が多いって言ってたな」

「服を着て泳ぐんですか？」

「理由までは聞かなかったが、日焼けとクラゲ対策じゃないか？　水着を着ているのは観光客が多いって聞いたな」

俺の勝手なイメージは透き通る青い海と大自然で、地元の人もビキニを着て南国な感じで楽しんでいるイメージだったんだけど、あれはテレビによる作られたイメージなのだろうか？

「でも海でバーベキューって大自然な感じがしていいですよね」

「いや、それもビーチとかじゃなくて、ビーチの一角にバーベキュー専用の建物とかがあるんだ。場所によっては立派な二階建ての鉄筋コンクリートのところまであって、バーベキューセットの貸し出しや、ビールサーバーの貸し出しまであるそうだ」

「そうなんですか？　こっちではそんなビーチ無いですよね。流石にビールを飲んで泳ぐのは危なくないですか？　やっぱり行ってみないと知らない事だらけですね」

「多分、地元の人が楽しんでるんだと思うよ」

「沖縄でバーベキューもいいですね。受験が終わってヒカリンの体調が良くなったらみんなで行ってみたいですね」

「海斗〜。みんなの水着姿とか想像してるんじゃないの？」

「いやいや、バーベキューだって」

「ほんとかな〜でも、来年みんなで行けるといいな」

「そうですね。絶対大丈夫ですよ」

「春香も誘わないと、殺されるわよ」

「いや、俺達はまだそんな関係じゃ」

「海斗、来年の夏までには頑張れ」

「はい……」

春香と沖縄に旅行か〜。考えた事もなかったけど行けたら最高だよな。

海でバーベキューして油味噌でご飯を食べる。ああ沖縄といえばステーキも食べたいな。

俺が思いつくのは食べ物ばっかりだな。

昼ご飯が遅かったせいで、まだお腹が空いているのかも知れない。

よくファンタジー物でドラゴンの素材を手に入れて、超強力な武器や防具を作る設定があるが、これは残念ながら余り現実的ではない気がする。

とてもじゃないけどあの岩のような外皮で鎧は無理だし、火竜にしても剣で切断出来たので普通にナイトブリンガーの方が硬い。

牙や爪にしてもバルザードで断ち切る事が出来るので、武器の強度としても劣っていると思う。

そもそも、素材を加工して武器に仕上げてくれるような人がいるのかどうかもわからない。曲がった牙や爪が剣とかの武器になる理屈もよくわからないのでたとえ素材がドロップしたとしても売却する以外にはないだろう。

現実とファンタジーはやっぱり少し違う。

お昼ご飯を食べ終えた俺達はどんどん奥へと進んでいる。

「ご主人様、敵が五体です。数が多いのでご注意ください」

「五体か。ミク以外は全員前で戦おう。ルシェいけるよな」

「海斗、殺されたいんだな。敵のついでに燃やすぞ！」

まあ、この様子なら相性が悪くてもどうにかするだろう。

進んで行くと予想に反し、そこにいたのはドラゴンではなく、人型のモンスターだった。

「リザードマンか？」

「角も生えてるしちょっと違うんじゃない？」

「あれはおそらくドラゴニュート。竜人だろう」

「竜人ですか。リザードマンに角が生えただけですかね」

「いや、蜥蜴と竜の差が明確にあるはず。能力もそれに関しているはずだ」

見た目はリザードマンによく似ているが確かに小さめの角が二本頭から生えている。ある意味鬼化したリザードマンといった風貌だ。

ドラゴニュートがこちらを指差して何かを話している。

どうやらあちらも俺達の事を認識したようだ。

大型のドラゴンの相手ではないので、『ドラグナー』ではなく、バルザードを構え氷を纏わせる。

ナイトブリンガーの効果を発動して気配を薄め、ドラゴニュートに向けて走り出す。

俺と並走しているのはベルリアか。

残りのメンバーはどうやら敵を迎え撃つことにしたらしい。

ドラゴニュートも一斉にこちらに向かって来る。俺がターゲットに捉えた敵が手に持っている武器は金属の六角棍。

すぐに距離は詰まり俺は魔氷剣を振るう。

『キィン』

金属音と共に俺の放った魔氷剣の一撃は相手の六角棍に止められてしまった。

こいつ俺を認識している。

続けて剣を振るうがまた棍で止められてしまった。

ドラゴニュートは俺の剣を受けてからクルッと棍を反転させて、俺に攻撃を加えてきた。

今度は俺が魔氷剣で棍の一撃を受けるが、受けた瞬間、俺の腕にはズシンとした重みが加わり受けた剣が弾かれてしまった。

「うぉっ！」

慌てて立て直し次の一撃を防ぐが、やはりパワーはドラゴニュートに分があるようで、剣をその場に保つことすら難しい。

ドラゴニュートは、今の斬り合いで自らの優位を悟ったのか、一気に攻勢をかけてきた。棍を回転させながらどんどん打ち込んでくる。

「くっ……」

まずい。このままだと押し切られる。

完全に近接戦闘のパワーとスキルが俺を上回っている。

いきなり追い詰められ、劣勢で身の危険を感じた瞬間スイッチが入り、俺の眼にドラゴニュートの棍の連打がスローに映る。

ドラゴニュートの棍の攻撃を見切り、後方へと避けるが俺の動きも鈍い。

この状態を半覚醒とでもいうのだろうか？

十六階層のボス戦の時とは違う覚醒の仕方だが、この方が身体への負担は少ないはずだ。

俺の動きが速くなった訳ではないので、視覚から入る情報に対して脳内の処理を高め先手を取るべく動き出す。

俺は迫りくるドラゴニュートの棍の攻撃を見極めて後方へと避ける。

他の四人もそれぞれ戦いに入っていた。

ベルリアは俺とほぼ同時に戦闘に入り、ドラゴニュートと斬り合っているが、二刀を操るベルリアが、圧倒的に押している。

ベルリアはドラゴニュートの強烈な一撃に押し負ける事も無く、一刀でさばき残るもう一刀でドラゴニュートの外皮を削りダメージを与えていく。

「やりますね。だが魔を帯し二刀を操る私の敵ではありません」

ベルリアの攻撃が勢いを増し、ドラゴニュートの身体からは青い体液が噴き出している。

劣勢に見えたドラゴニュートは口を開くと同時に口からファイアボールをはきだした。

「流石は蜥蜴ですね。口から火を吐くとは思いませんでしたが、口の中は焼けないのですか？」

ベルリアが華麗に宙を舞いファイアボールを避けそのまま脳天に魔刀を突き刺した。

他の三人は、ドラゴニュートを呼び込み迎え撃った。

あいりさんは薙刀で相手の棍に対し先手を取るべくいきなり『ダブル』を使用して、一撃を叩き込んだ。

「流石はドラゴニュート、外皮が硬いな。もう一回だ。『ダブル』」

再びあいりさんが二度目の『ダブル』を放ち手傷を負わせる事に成功する。

やはり初見であれを見破る事はまず出来ないだろう。

追い詰められたドラゴニュートがベルリアの時と同様にファイアボールを放つべく口を開いたがその瞬間あいりさんのスキルが炸裂する。

『アイアンボール』

ドラゴニュートは開いた口の中に鉄球がめり込んで卒倒し、あいりさんがそのまま首を落とし消滅させた。

ルシェはドラゴンの炎耐性が強い事を警戒してか『破滅の獄炎』ではなく『侵食の息吹』を発動してドラゴニュートの様子を窺っている。

「がhぁjあaかkああ〜」

ドラゴニュートが理解出来ない声を発して苦しみ始めた。

「ふん、所詮蜥蜴だな。炎は耐えられてもこれはダメみたいだな。うっと～しいんだ。さっさと溶けて無くなれ」

それほど間を置くことなくドラゴニュートは、理解不能な言葉と共に身体が溶け始めて崩れて消え去った。

「口ほどにもなかったな」

一方シルは戦いにもならなかった。

「あなたなどに時間を使っている場合ではありません。今すぐ消えてください。我が敵を穿て神槍ラジュネイト」

速攻で神槍を叩き込み一撃のもとに消滅させてしまった。

「神槍の敵ではありませんね」

結局のところ俺が一番苦戦している様だ。

ドラゴニュートと斬り合っているが思いの外、棍の攻撃に手こずってしまい、決定打を放てていない。

「海斗避けて！」

ミクの声に反応した直後に、後方から雷の槍が飛んできてドラゴニュートの胸に突きささった。

「ガァアア……」

これで決まったか？

俺はそのままドラゴニュートの様子を確認する。どうやらまだ致命傷には至っていないが動きは完全に止まっている。

俺は、チャンスを逃さず、そのまま踏み込んで魔氷剣でドラゴニュートにささっている雷の槍のすぐ横を貫いた。

雷の槍と氷の刃がささったドラゴニュートは絶命しすぐに消滅した。

「ミク、助かったよ。それにしても口からファイアボールを吐くとは思わなかったな」

「私はベルリアので、わかっていたから対処できたよ」

「俺は、もしノーマークで吐かれていたら危なかったですね。人型が口から炎を吐く発想がなかったです」

「やはりドラゴニュートは人型でもドラゴンの仲間という事だろう」

ドラゴニュートは、鬼とは勝手が違い、棍での攻撃に俺は結構苦戦してしまった。他のメンバーは結構あっさり倒せてた感じだったな。

やっぱり相性もあるのかもしれない。

ドラゴニュートを倒した俺達は、そのあともう一度ワイバーンとの戦闘を行い、初日の攻略を終了した。

「今日はこれで切り上げましょうか」

「早くない？　もう少しいけると思うんだけど」

「焦る気持ちはわかるけど、初めての階層だから無理は禁物だ。思ってるより疲労が溜まってるはずだから」

「そうだな、海斗の判断が正しいだろう。竜との戦闘はそれほど楽なものではないからな。ヒカリンがいれば融合魔法で竜を倒すシーンを見たかったところだ」

「それってあれですよね」

「ああ、あれだな」

「やっぱりあいりさんアニメ好きなんですね」

「それほどでもないよ」

俺は探索終了後にシルの『祈りの神撃』発動時に消費したマジックポーションをダンジョンマーケットに向かい補充した。

味の事を考えて中級マジックポーションにも心惹かれたが、結局は値段に勝るものは無く低級マジックポーションを購入してしまった。

今日、十七階層を潜ってみて、各メンバーのレベルアップと後衛のミクが『ライトニングスピア』を使えるようになった事で、ヒカリン抜きでも十分探索を進められるという感触は掴めた。

ただ、今日も探索のペースが特別早かったわけではないので密かに焦りを覚えている。ゴールデンウィークを探索に当て込めば、多少は距離を稼げると思うけど、一ヶ月間にパーティで潜れる日数はおよそ十日程度。果たしてこの階層を十日で攻略できるかと言われれば、今日の感じで行くとかなり厳しい気がする。

「どうするかな～」

ヒカリンの状態を考えると少しでも早く攻略したい。

平日俺だけで潜るか？

恐らくサーバント達がいるのでやってやれない事は無いと思うけど、極端にペースが落ちるのは間違い無く、マッピングが進むかと言われれば疑問が残る。

放課後の僅かな時間だけでは、土日に進んだルートをトレースするだけで終わる可能性が高いだろう。

他のメンバーにはまだ相談していないけど、第三の選択肢として一階層のスライム狩りに賭けるというのもありかもしれないと密かに考えはじめてはいる。

俺の全ての始まりである一階層でのスライム狩り。そして一定の確率で現れるメタリックカラーのスライム。

あいつであればドロップに霊薬が出る可能性は十分にある。

たとえ霊薬が出なかったとしても、高額ドロップが出る可能性は高いので、霊薬の購入代金を稼げる可能性はある。賭ける価値は十分にあると思う。

おそらくメタリックカラーのスライムがエンカウントする為の必要条件は、スライムの討伐数だ。ただそれがパーティ全体に適用されているのかがわからないしはっきりした数もわからない。

わからない以上、全員でスライムを狩る意味があるのかもわからない。

「やっぱり俺はスライム狩りに励むか」

今の最善は、土日に十七階層の攻略を目指し、平日はメタリックカラーのスライムを目指して一階層でひたすらスライムを狩るしかない。

これからの事をいろいろ考えながら、家に戻ると今日の晩ご飯はハヤシライスだった。

ハヤシライスもおいしいのは間違い無いけど、カレーとハヤシライス。やっぱり味は違っても具が一緒なのでそこまで新鮮な感じはしない。

そろそろ、焼肉かしゃぶしゃぶが食べたい。

今度帰りにスーパーに寄って自分のお金で肉と食材を買ってこようかな。

「海斗、あんたゴールデンウィークの予定とか考えてるの？」

「ずっとダンジョンに潜ると思う」

「母さん、最近腰が痛いのよね～」

「ふ～ん」

「どこかにいい温泉とかないかしらね～」

「スーパー銭湯とか行けば？」

「やっぱり、泊まりでじっくり湯治したりしたいわよね～」

「そうなんだ」

「この前の旅館よかったわよね～」

「ああ……」

「ゴールデンウィークは空いてないのかしらね～」

　これはそういう事か？

「いや、ゴールデンウィークは、俺無理だから父さんと二人で行けるところ探しとくよ」

「え～悪いわね～。でも高いところはお金がちょっと……」

「ああ、そのぐらい俺が出すから二人で行ってきてよ」

「本当に～？　悪いわね～。孝行息子を持って幸せだわ～」

これほど露骨な催促も珍しい気がするけど、まあこのぐらいはいいかな。今月はそれなりに稼げそうだしな。

でもゴールデンウィークの温泉宿って高そうだ。

§

「おはようございます」

「おはよう」

「ああ、海斗おはよう」

俺はミクとあいりさんに朝の挨拶をして、すぐに三人でダンジョンへと向かう。

十七階層へ飛んでから、とりあえず昨日最後にマッピングしたところまで向かうために進んでいく。

途中で昨日出現したドラゴネットと火竜に遭遇し、交戦したが、昨日である程度勝手が分かっているので、火竜に対しては遠慮なく離れたところから『ドラグナー』を放ち倒す事が出来た。

「ここが昨日の地点ですね」

「それじゃあ、ここからは慎重に進みましょう」

「思ったよりスムーズに来てる。このままのペースをキープで」

俺達は緊張感を保ちながら先に進むことにする。

「オラ～！　死ね～！」

「しつこいんだよ『バーニングエッジ』」

しばらく進んでいると、奥から人の声が聞こえてくる。

「これって……」

「ああ、別のパーティが戦っているようだな」

「珍しいわね」

もちろん十七階層で他のパーティに会うのは初めてだ。広大なダンジョンで、探索中に他のパーティと出会う事は稀だ。

俺達が声のする方に進んで行くと地竜を相手に他のパーティが交戦していた。

戦っているのは六人パーティで男四人に女二人の構成だ。

「冬彦さん、こいつ硬いですよ。俺の剣が欠けちゃいそう」

「泣き言いうな！　『バーニングエッジ』」

さっきの声はこの人か。ブロードソードに炎を纏わせ地竜に斬りかかっている。

地竜は三体なので男四人が前衛で当たり、後衛の女性二人が魔法を放っている。

「さっさと消えてよ『ファイアスピア』」

「いや～ん、この子達魔法が効きにく～い『アースハンマー』」

約一名変なのが交じっているようだけど、きっちりと後方から攻撃魔法を発動して地竜にダメージを与えている。

「都ちゃんありがと～。おらああ～『アイアンナックル』」

さっきの援護に応えた大柄の男がスキルを発動して拳で地竜を殴りつけた。

「すごいな」

俺にはとても真似できない芸当だ。

竜に近接して直接殴りつけるとは、相当勇気のいる行為だけど、地竜とはサイズが違うので致命傷を与えるには至っていない。

「オラ～退け～！」

前衛の男の一人が戦斧で斬りかかるが、その瞬間戦斧から冷気が立ち昇り氷の刃を突き立てた。

「ミク、あれってもしかして……」

「海斗もそう思う？」

「ああ、間違いないな。魔戦斧であの特徴的な形」

やっぱりそうだ。あの人の使っている戦斧は俺達がおっさんに売った戦斧に間違いない。

先週仕入れてもう売れたのか。

思った以上にあのおっさんやり手だな。

どうやらあの戦斧は氷を纏うらしいが、魔氷剣よりも纏う氷はかなり薄い感じだ。

完全に被っているので売却したのは正解だったかな。あの戦斧も死蔵されるより、こうして使ってもらえて本望だろう。

「まだまだいくぜ～！　オラ～！」

かなりテンション高めの人のようで大きな声を上げながら、戦斧でガンガン斬りつけている。

魔戦斧で斬られた部分の外皮は傷つき血が流れている。

「俺相性悪すぎ。刃が通らないよ。みんな任せたよ」

一人槍使いの男が音を上げているが、確かに強化系スキルか何かがないとあの外皮は手強い。

「涼、ふざけんな。あんた撃つわよ」

「そうはいっても俺の攻撃じゃ、無理っぽいんだって」

「涼さん、生贄になってくださ～い」

あの男の人不憫だな。仲がいいのかもしれないけど傍から見ると虐待のようにも見えてしまう。

「凛子ちゃんも都ちゃんも、キツいって。生贄って一回なったらもう復活できないでしょ。ちょっと無理」

「涼！　無駄口叩く暇があったらおとりぐらいやれよ」

「はいは～い。ドラゴンちゃんこっちですよ～。はい、こっち」

おおっ、あの人の足速いな。

普段からおとり役をやっているのだろうか。なんとなくあの人には頑張って欲しくなる。

地竜とあのパーティの戦闘はまだ続いている。

「こいつら硬すぎだろ。まだ一体も倒せね～」

「涼、出し惜しみすんな。さっさとやれ！」

「はいはい。わかりましたよ～」

涼と呼ばれる男が手にしているのは銃の銃身を馬鹿でっかくしたような武器だ。

あれはグレネードランチャー？

「援護するわ。『ファイアスピア』」

後衛の女の人が魔法を発動し、その間に涼と呼ばれた男の人が地竜との距離を詰めて、三メートルほどの距離まで近づきグレネードランチャーを放った。

『シュポン』

余り聞いたことのない発射音と共に弾が放たれ地竜に当たると同時に弾が爆発した。実際には爆発したのとは少し違うかもしれないが爆発したかと思うほどの威力を発揮して、地竜の外皮を大きく抉っていた。

「すごいな……」

初めて見るグレネードランチャーの威力に驚いたが、槍では無理でもあれなら地竜相手でも十分いける。

「涼、ナイスだ『バーニングエッジ』」

大きく抉れた場所を狙い、メンバーの一人がスキルを発動して攻撃をしかける。

燃え盛る刃が肉を焼き、地竜を消滅へと追いやった。

「よっしゃあ！　一体しとめた。あと二体だぞ」

「俺も負けてられん！　『アイアンナックル』あ〜やっぱり硬い。しょうがない俺も使うぜ！」

そう言って男は何かを地竜の下に投げ込んで、後方へと下がった。

「わたしにまかせて～『アースハンマー』」

後方の都さんと呼ばれた女の人がスキルを発動して地竜をその場にとどめ置く。

『ドガァアア～ン』

次の瞬間、激しい炸裂音と共に地竜の下が爆ぜた。

な、なんだ？

スキルは誰も使ってなかった。とすればさっき投げ込んだやつか。手榴弾とか投げ込み式の爆弾とかか？

地竜も腹の部分は弱いのか、フラフラしながらその場に倒れた。

「今だ～！『バーニングエッジ』」

「俺もやるぜ『アイアンナックル』」

「これで終わりよ『ファイアスピア』」

「俺も一撃。そりゃ～」

倒れた地竜に向けて四人が一斉に襲いかかり、程なく地竜は消滅した。

「後はこいつだけか。オラ～くらえ！」

斧使いの男が連撃を加える。硬い地竜とあの魔戦斧の相性はいいようで、一人でも渡り合う事が出来ている。

「よし、みんなでやるぞ！」

残りのメンバーも集結して四人で最後の地竜を取り囲み、四方から攻撃を仕掛けるが、地竜が反撃を試みる。

スキルの発動により周囲の地面が隆起し、メンバーを傷つけようとする。

「危ない！　近づくとヤバイね」

「くっ……危うくやられるところだったぜ」

「油断したらやばい」

「近づけないんだけど」

四人とも察知して効果の範囲の外まで離脱したようだが、距離を取れば直接攻撃をかける事が出来なくなる。

「涼さ～ん。もう一発行きましょうよ～」

「え～また俺？　弾も結構するんだよ」

「涼！　早くしなさいよ。燃やすわよ」

やっぱりあの後衛の女の人は怖い人だ。

「わかったよ。じゃあ行くよ～」

再び涼という人がグレネードランチャーを構えて放つと、先ほどと同じように弾が発射され着弾と共に地竜の外皮を大きく抉った。

そこからは一瞬だった。

「オラ～死ね～！」

「俺もとどめを！」

二人が傷口目掛けて攻撃を突き入れ、あっという間に消滅までもっていった。

「終わった～」

「強かったな～。硬すぎるよ～」

「こいつらまだ下っ端だぜ。これで苦労してちゃ先に進めね～」

「まあ、倒せてよかったよ」

順調に地竜を倒せたようだけど、今回の戦闘の一番の印象は、物理的兵器の火力がすごいという事だ。

スキルや魔法でダメだった地竜の外皮を穿った。

俺達のパーティは余り、物理的火力は使ってこなかったけど、これだけの威力があるなら検討の余地は十分ある気がする。

物理的火力の有用性を見せつけられたが、サーバントのいないパーティの火力不足も同時に感じる事となった。

結局、スキルや魔法だけでは地竜を消滅まで持っていけなかった。

これはかなり厳しい。

俺達とは根本的に戦うスタイルが違う気がする。

スキルや魔法で足りない部分を物理的な高火力の武器で補って戦う。

俺達は、自分達の足りない部分をサーバントで補いながら戦っているので、物理的火力は圧倒的に目の前のパーティが上だ。

「あれ？　君達いつからそこに？」

「あ～探索してたら皆さんの戦っている声が聞こえて来て、それで来てみたら戦闘が目に入ったんで、見学させてもらってました」

「ああ、そういう事か」

「あれ～君達のパーティみんな若いわね～。しかも幼女と幼児が交じってるじゃない。キャ～カワイイ～！」

「本当だ！　でもここにいるって事はサーバントなのよね。人型のサーバントが三体って凄くない？　それにそのイタチっぽいのもかわいい～。もしかして超お金持ちパーティ？」

女性陣に変な風に誤解されている気がする。

「いや、そういうんじゃないです。それじゃあ俺達は先に行きますので、これで」

余計なトラブルを生まない為にも長居は無用だ。

「ごめんね。怒った？　別に悪気はないのよ」

「お前ら、その若さでこの階層に来てるって事は、かなりの実力だろ。良かったら俺達と一緒に行かないか？　俺達もここから先は初めてなんだ」

男性メンバーからの突然のお誘いだ。

誘われるのは初めてだけど、悪くないかも知れない。

さっきの戦いを見せてもらったけど、この人達もかなりの実力者だ。一緒に回ればそれだけ先に進めるのは間違いない。

問題は俺達の手の内を見られてしまう事だけど、さっきの戦いで彼らの手の内を勝手に見てしまったので、それをいうのはフェアではない気がする。

俺はミクとあいりさんに視線を向ける。

「私は海斗に任せるわ」

「私も同じだ」

「わかりました。それじゃあ今日一日だけご一緒していいですか？」

「おお、そうこなくちゃな」

こうして思いがけず、他のパーティに同行する事になった。

「じゃあよろしくな」

「はい、お願いします」

　それから一緒に移動する事になり、一緒に行動してみてまず気がついたのは、俺達以上に移動中気を使っているという事だ。

　全方向に対応できるようフォーメーションを組み、レーダーを使って進んでいる。

　俺達はシルやベルリアがいるのと、罠があってもサーバントがいるので何とかなるだろうというのもあり、そこまで移動に神経を尖らせる事は稀だが、シル達のいない彼らは常に神経を張り詰めている。

　移動だけでも俺達以上に消耗しながら進んでいるはずだけど、彼らは手慣れたもので平気な顔で進んでいる。

「じゃあ、高木くんとミクちゃんは高校生なのか！」

「はい、そうです」

「マジか！　ヤングだな」

　ヤング？

「という事は土日だけ潜ってるのか？」

「基本的にそうですね」

「すごいな。週末の兼業で十七階層か！」

「いや、それほどでも」

「それじゃあ、昨日から泊まり込みか」

ああ、そうか。普通は泊まりじゃないとここまで来れないもんな。

「まあ、そんなところです」

「帰りはどうするんだ？　学校大丈夫なのか？」

「転移石があるので」

「おお、さすがに兼業だとそうなるよな」

「出費は痛いですけど、学校を休むわけには行かないんで」

嘘をつくのは心苦しいけど『ゲートキーパー』の事は明かせない。

「愛理ちゃんも学生だもんな。それにしても高木くんやるなぁ」

「何がですか？」

「こんな可愛い子達を連れて両手に花だな。正にハーレムパーティじゃないか」

「冬彦！　失礼なことばっかり言ってると燃やすわよ」

「はい……」

やっぱり、この女の人怖いかも。

恐怖の女の人の名前は凛子さんというらしい。

パーティリーダーは『バーニングエッジ』を使用していた冬彦さんらしいが力関係でいうと凛子さんが一番強いらしい。

既に今日で三日間ダンジョンで寝泊まりしているプロ探索者だそうだ。

やっぱりこのぐらいの階層になると日帰りは難しいのはわかるけど、三日間も潜りっぱなしとは凄い。

「それにしてもよ～。シルちゃんにルシェちゃんか～。ヤベ～な。可愛すぎるだろ～」

「剛さ～ん、へんな事しちゃダメですよ～」

「いや、俺そういう趣味は全くなかったんだけど、二人を前にすると目覚めそうで怖えよ」

「おい！　調子に乗ると燃やして消し炭にするぞ！」

「あ～、マジでやべ～。Ｓロリやべ～」

「それはそうと、剛さんの戦斧なんですけど」

「おお、これか！　いいだろ～。これ魔斧なんだぞ。先週奮発して買ったんだ。これでドラゴンも怖くね～よ」

「良さそうですけど、失礼じゃなければ金額を聞いてもいいですか？」

「おお、ちょっと値引きしてもらったが一千百万だったたな。お買い得だったぜ。たまたま店で探索者からの買取品を仕入れたらしくてな。安く買う事が出来たぜ」

　おっさん数日で五百万も儲けたのか。やっぱり、あのおっさん見かけによらず、かなりやり手らしい。

「おい、レーダーに反応ありだ。どうする？」

「数はわかりますか？」

「四体だ」

「じゃあ二体ずつで分けませんか？　即席で連携は難しいと思うのでそれぞれがいつも通り戦いましょう」

「ああ、それがいいかな」

　一応シルにはモンスターの感知はレーダーを持っている冬彦さん達のパーティに任せるように言っておいた。

　俺達が全員で進んでいくと、そこにはやはりドラゴンがいたが、今までのとは見た目が違う。

「俺達あれは初めてなんですけど、皆さんはどうですか？」

「あれは水竜だ。ウォーターブレスを使い表皮を水のベールで覆っているから物理と水と火が効きにくい」

「ありがとうございます。助かりました」

水竜か。ルシェは難しいかも知れないが、俺達には雷使いが二人いるので、相性は良さそうだ。

それにしても、情報を教えてもらえるだけでも全然違うな。

「それじゃあ一体はシルが雷撃でしとめてくれ。もう一体はミクがいってみる？」

「そうね。せっかくだからやってみるわね」

シルはすぐさま臨戦態勢に入り雷撃を放った。

「水竜ですね。水は雷を通しやすいものです。ご主人様の前から消えなさい『神の雷撃』」

雷が落ちた瞬間、当然といえば当然のように水竜の一体が一瞬で消し炭となり消えて無くなった。

まあ水でなくともシルの雷撃を耐えるのは至難の業だと思うけど、特に水では相手になるはずもない。

「さすがです。シル様。私も頑張ります『ライトニングスピア』」

ミクがスキルを発動すると光の槍が水竜に突き刺さり、その瞬間、水竜の全身が帯電したように煌き、そのまま水竜が硬直し倒れた。

ダメージを与えたのは間違いないけどまだ消滅はしていない。

恐らく全身に電気ショックを受けたような状態となり、感電して倒れたのだろう。

「ベルリア！」

「マイロードお任せください」

ベルリアが倒れた水竜に向けて駆け出し、間合いに入った瞬間二刀を振るい首を刎ねた。

「ミクの『ライトニングスピア』もやっぱり水系には相性抜群みたいだな」

「そうね、消滅はさせられなかったけど、ドラゴンを一撃で行動不能に出来たのはすごいわよね」

「ああ、十分凄いと思う」

以前のミクの火力からすると考えられないような威力だ。

こうしてシルに続いて、ミクもあっという間に水竜を倒してしまったが、隣で戦っている冬彦さん達のパーティはちょうど交戦状態に入ったばかりだった。

凛子さんと都さんが後方から魔法を発動して水竜を牽制するが凛子さんの『ファイアスピア』は水竜の水のベールに阻まれてほとんどダメージを与える事が出来なかったようだ。

一方都さんの『アースハンマー』は力押しで水のベール越しにダメージを与える事に成功したようだが、水竜の体勢を崩すまではいっていない。

後方からの援護が不十分なまま向かって行った男性陣の四人は、結果的にほぼ万全な状態の水竜と正面から組み合う事となった。

『バーニングエッジ』

冬彦さんが炎の刃を水竜に向けるが、凛子さんと同じように水のベールに威力を大きく削がれて、水竜の外皮を貫く事は出来ない。

炎をメインに戦う人が二人いるのは、それだけで対水竜には大きなビハインドを背負っているように思える。

「くそっ！　俺は相性最悪みたいだ。お前ら後は頼んだぞ！」

そう言って冬彦さんは一歩後ろに引いた。

一撃であきらめちゃったのか？

いくらなんでも、あきらめがちょっと早すぎないか？

「まかせろ！　俺がやってやるぜ！　オラ〜！」

剛さんの魔斧が水竜の外皮を削る。

やっぱりあの魔斧、ボス部屋のドロップだけあって結構優秀だな。

剛さんみたいな使いこなしてくれる人に買われてよかった。俺だと、どう考えても武器に振り回されて使いこなせそうにない。戦斧はやっぱりパワータイプの人に似合うな。

「俺もやりますよ」

「俺も」

残りの二人も、もう一体の水竜に向かって攻撃を仕掛けるが、明らかにあの水のベールを突破するには火力不足に見える。

槍を持った涼さんが牽制しながら、バスタードソードを持った仁さんが横から切りかかっている。

よく見ると仁さんの剣が微かに帯電しているのが見える。

あの剣も魔剣か。雷の魔剣を見るのは、初めてだが、あの感じだとそこまで出力が高いようには見えない。焦がすというよりも痺れさせる効果とかがあるのかも知れない。

いずれにしても水竜には相性がいいはずだ。

「行くぞ！　『サークルスラッシュ』」

仁さんがスキルを発動して斬りかかると、水竜の外皮が四十センチ程の円状に抉れた。

『ガアアアアアア！』

水竜が痛みで咆哮をあげた。これは完全に効いている。

仁さんが追撃に入ろうとした瞬間水竜は首を振り、仁さんに向けて口を開け、ウォーターブレスを放った。

「おおおお〜っ、やべ〜！」

仁さんはウォーターブレスが放たれた直後、前方へと飛び込んで水竜の下に潜り込むように転がった。

躊躇なく前方へと飛び込んだけど水竜の下に潜り込むのは、相当な勇気がいるはずだ。

俺も以前カメの下に潜り込んだが、あれでも十分に恐ろしかったのだから水竜はそれ以上だろう。

仁さんはそのまま反対側まで転がって離脱し難を逃れた。

『ドガアアア〜ン！』

仁さんが反対側に離脱して起き上がった瞬間に水竜の腹の下が爆ぜた。

これはさっき地竜戦で見たのと同じだ。

俺には見えなかったけど仁さんが転がりながら、爆弾を仕掛けたようだ。

あの回避の一瞬で、それができるのは相当手慣れた戦法なのだろう。

水竜は腹にダメージを受け、かなり弱っている。

「どいてくれ！　俺がやる」

冬彦さんを見ると手には小型のガトリング砲のような武器を持っている。

ハンドガトリングか？

冬彦さんが引き金を引くと三本の銃身が回転しながら弾を放出した。

『ガガガガガ』

連続で銃弾の掃射音が響き渡り水竜にダメージを与えていく。

「すごい……」

実物は初めて見るけど、アクション映画さながらですごい威力だ。

ベルリアに持たせてある魔核銃とは桁が違う。

数十いや数百の銃弾が水竜を襲い、一体が消滅した。

「ようやく一体倒せたか。もう一体に全員でかかるぞ～！」

冬彦さんの声を合図に剛さんが相手にしている水竜に仁さんと涼さんが向かって行くのが見える。

都さんが再び『アースハンマー』を発動して水竜の注意を引き、涼さんがとどめにグレネードランチャーを構えて水竜に向けて放つが、水竜が即座に反応してウォーターブレスを返して来た。

グレネードランチャーの弾はウォーターブレスに阻まれ水竜に着弾する事はなかった。

「よそ見すんな、こっちだぜ～！」

ウォーターブレスを放ち無防備となった水竜に剛さんが魔斧で渾身の一撃をお見舞いし、

魔斧の刃を横腹にめり込ませる。

「ギャアアア～！」

魔斧の斬撃による痛みで水竜が大きな動きで暴れ始めた。

ウォーターブレスを四方に連発し始めた。

そのせいで近づく事が出来なくなったので剛さんも被弾を恐れて今は後方へと下がっている。

「あ～、これって完全に怒らせましたね～」

「都、呑気な事言ってないでスキルを放ちなさいよ」

「は～い『アースハンマー』」

都さんがスキルを放つが、連続で放たれる水竜のウォーターブレスの前にダメージを与える事は出来なかったようだ。

「しょうがないな。またこいつの出番だな」

冬彦さんが再びハンドガトリングを構えて引き金を引いた。

無数の弾丸が放たれウォーターブレスの隙間を抜け水竜に着弾すると、完全に動きを止めた竜はその場に倒れた。

「よし、とどめを頼む」

冬彦さんの声で三人が一斉に走り出して、各々が倒れた水竜に渾身の一撃を見舞いとどめをさした。

「弾が勿体なかったな～。それにしても高木くん、君達のパーティの戦い、チラッと見たけどあれは何？」

「え？　何って何がですか？」

「俺達が総出でなんとか倒した水竜を君達瞬殺したよね。しかもそっちのサーバントの女の子の攻撃って水竜を一撃で消滅させてたよね。完全に反則級だったんだけど」

「はは……水に雷で相性が良かったんですよ」

「いや、あれは相性だけの問題じゃないと思うけどな。それにミクちゃんの攻撃もかなりのものだったぞ。君達もしかしてもっと下層まで行ってるパーティなのか？」

「いえ、十七階層に入ったばっかりですよ」

「信じられないな。スキルだけで水竜を倒してしまうんだからな」

「そうよ、私の攻撃なんかダメージ与えられなかったんだから。羨ましいわね」

褒めてくれるのはいいけど、過剰評価のような気がしてなんとも答えにくい。

「それはそうと、皆さんの火器も凄いですね。ガトリングにグレネードランチャーに後は爆弾ですか？」

「ああ、十五階層からは必須だからな。これがないと先に進むのは無理だろう」

「そうなんですね」

「高木くん達は、どんなのを使うんだ？」

「俺達は、特には。まあこれぐらいですかね」

そう言って俺は『ドラグナー』を取り出して見せた。

「マジか……これって動くのか？」

「もちろん動きますよ。蒼い光のエフェクトを放って弾を撃ち出します」

「威力は？」

「どうやら、ドラゴンに特効があるみたいで、かなり効きますよ」

「こんな銃初めて見たよ。正に浪漫武器だな。カッコいい！　俺も欲しいぐらいだよ」

「思わず買ってしまったんですけどかなり役立ってますよ」

「いいな。それで他には特別な武器とか無いのか？」

「後は魔核銃を何人か持ってるぐらいですね」

「それだけか。それでここまで来れてるのか。普通に高木くん達すごいな。若さと才能だよな」

妙に褒められて、こそばゆい感じだが、物理的火器を使いこなしている冬彦さん達のパーティもかなりのものだと思う。

「でも、冬彦さん達の戦い方を見て、物理的火器もこれからの戦いで必要かもと思いました。いざという時に威力を発揮しますよね」

「ああ、ただ燃費は悪いからな。俺のガトリングも威力は申し分ないんだが、弾を撃ち出しすぎてコストがな～」

「それは思いました。でもあれを手で持って撃てるって凄い体力ですね」

「ああ、最初使った時は反動で肩が脱臼したかと思ったから、それ以来地上で筋トレに励んでるんだ」

やはり、魔核銃でも反動があるのだから、あれだけの威力の物を手で持って撃ち出すとは、並の事ではないようだ。

確かに冬彦さんも結構いいガタイをしているように見える。高火力の火器を使いこなすには、アクションスター並みに鍛える必要があるのかもしれない。

俺にはちょっと厳しいかもしれないな。

やはり高火力の銃器にもデメリットはあるようだ。

無条件に恩恵だけ受けられる訳ではないようで、恐らく高火力であればあるほど、ルシエのスキルのように反動は大きそうだ。

俺達は地面に落ちている魔核を回収してから先へと進むことにする。

「冬彦さん、聞きたいことがあるんですけどいいですか？」

「ああ、なんだ？」

「実は、俺達霊薬を探してるんです」

「霊薬？」

「はいエリクサーとかソーマとかそんなアイテムです」

「ああ、そういうやつか」

「冬彦さん達は持ってたりしませんか？　もしあれば売ってもらえたりしないですか？」

「悪いな。俺達が今まで手に入れた薬で一番上はハイポーションだ。それより上にはお目にかかった事はないな」

「そうですか、やっぱりなかなか出ないんですかね」

「オークションに出回るって話は聞いた事があるが、実物は見た事もないな。どうしてそんな高位の霊薬が必要なんだ？」

「俺達本当はもう一人メンバーがいるんですけど、病気で……もう霊薬に頼るしかなくて」

「そんな事情があったのか。恐らく市場には出る事はないんじゃないか？　直接ゴールドランカーとかに交渉しないと無理かもしれないぞ」

ゴールドランカーか、一度も会った事がないな。そもそもこのエリアにいるんだろうか？

「冬彦さん達はお知り合いにいたりしますか？」

「いや、残念だけどいないな。基本、本格的に潜ってる奴ほど探索者ってダンジョンに潜る以外での交流って少ないだろう」

確かに冬彦さんの言っている事ももっともだ。毎日のようにダンジョンに潜っていたら他の探索者と交流する事はほとんどない。

「あ、そこ危ないぞ！」

「え？」

冬彦さんの声で足を止めるが目の前の壁の側面から炎が吹き出して来た。

「アチッ！」

炎にまかれる事は無かったが、熱気が伝わってくる。

「この階層は、十六階層に比べるとトラップ多めだからな。気をつけた方がいいぞ」

「あ、ありがとうございます」

今のも冬彦さんに声をかけてもらわなければ結構危なかったな。

「ベルリア、気づかなかったのか？」

「マイロード、もちろん気がついていましたよ」

「それじゃあ、なんで言ってくれないんだよ」

「シル姫に感知しないように言っていたので、私も伝えない方がいいのかと」

確かに、目立たない様にシルにはモンスターを感知しても伝えないでくれとは言っていたけど、ベルリア、そこは伝えて欲しかった。

もしかしたらトラップで死んでたかもしれないんだぞ。

「ベルリア……次からは伝えてくれるか？」

「はいわかりました。それでは、あそこにもトラップがあります」

ベルリアが五メートルほど前方を指差した。

「あんなところにもあるのか。全然わからないな。ベルリア、危険がある時は必ず伝えてくれ。頼んだぞ」

「わかりました。任せてください」

俺が言い出した事とはいえ、また危ない目に遭うところだった。

そこからは、十分にトラップに気をつけながら進む。

「その男の子のサーバントはトラップ看破のスキル持ちなのか？」

「いえ、スキルではないです。勘というか、第六感みたいな感じだと思います」

「便利なものだな」

「冬彦！　モンスターよ。この先三十メートルぐらいのところに五体いるわよ」

凛子さんが、モンスターの存在を告げてくれた。

「俺達が三体受け持ちますね」

「ああ、助かるよ」

進んで行くとワイバーンが空中に二体。地竜が二体。もう一体は見た事のない個体だ。

「冬彦さん達にワイバーンを頼んでいいですか？　俺達が残りを倒します」

「わかった」

「ルシェ、どうする？　見学するか？」

「ふざけるな！　あの岩蜥蜴(とかげ)はわたしがやる！」

「それじゃあ、地竜はシルとルシェで頼むな。残りのメンバーであれに当たろう」

俺達は初見のドラゴンへと向かう。

「ミク『ライトニングスピア』を頼む！」

俺の指示でミクがドラゴンに向けて雷の槍(やり)を放つが、槍がドラゴンに命中した瞬間、雷が霧散(むさん)してしまった。

「なっ……」

確実に命中したのに完全にノーダメージだ。

あのドラゴンは何だ？

「冬彦さん！　このドラゴンは何ですか？」

「ああ、そいつは雷竜の一種だぞ」

ワイバーンに向かおうとしていた冬彦さんを引き留め聞いてみるが、雷竜か。それでミクの雷が通じなかったのか。それにしても見た目では雷属性とは識別できないな。やっぱり、情報は大事だ。

「ミク、スナッチに『ヘッジホッグ』を！」

雷属性には土や岩が有効な気がするけど俺達には使えない。金属なら有効かもしれないと思い、『ヘッジホッグ』で攻撃してもらうが、無数の鉄の針が雷竜を捉えたはずが弾かれて地面へと落ちてしまった。

「だめかっ！」

『ヘッジホッグ』がダメならあいりさんの『アイアンボール』や武器による直接攻撃も怪しい。

思った以上に雷竜とは相性が悪い。

あいりさんが、真っ先に飛び込んでいって薙刀を振るうが、刃が触れる瞬間にスナッチの時同様弾かれてしまった。

ベルリアが黒い炎に包まれた刃を放ち雷竜にダメージを与える。

『ヘルブレイド』

「ベルリア、助かった！」

そのタイミングであいりさんが後方へと離脱する。

「海斗、剣での直接攻撃はダメだ！　弾かれて斬る事ができない」

やっぱりそうか。雷と金属でまず思い浮かぶのは磁力か？　強力な磁力が発生して金属を寄せ付けないというのが正解な気がするが、ベルリアの攻撃は普通にダメージを与えているので、遠方から雷と金属以外ならいけそうだが『ドラグナー』の弾丸はどうだろうか？金属が使われてはいるので蒼い光を発した魔力弾も弾かれてしまうのか？

効果が定かではないので一瞬躊躇してしまう。

「この岩蜥蜴！　もう燃やすのはやめだ。切り裂かれて消えてしまえ『黒翼の風』」

ルシェが、前回炎で時間がかかった事を気にしたのか、地竜向けて獄炎ではなく風の刃で攻撃をしかけた。

暴力的な風の刃が地竜を包み、岩のような外皮をも刻んでいく。ボロボロになってはいるが、まだ消滅してはいない。

やはり、地竜とは相性が良くないようで、雷竜と戦ってもらった方が良かったかもしれない。

「あ〜、まだ死んでないのか！　もう許さないぞ！　『破滅の獄炎』」

追撃の獄炎を放つ。前回獄炎を耐えていた岩のような外皮はすでにボロボロになっており炎への耐性を発揮する事は無くあっさりと燃え尽きた。

「どうせ燃えるんだから、さっさと最初から燃えておけ」

ルシェ、それは暴論というものだ。あくまでも結果論に過ぎないんだぞ。

ルシェが地竜を倒したのを見て俺も『ドラグナー』の引き金に手をかけて弾を放つ。

ドラグナーが光を発し、放たれた弾が蒼い糸を引いて雷竜へと向かっていき雷竜の頭を射貫いた。

「あ……」

磁力など全くなかったかの様に『ドラグナー』の一撃は雷竜を撃ち抜いた。

魔力を帯びた弾は例外なのかそれともドラゴンへの特効を発揮したのかは不明だが、思ったよりもあっさりと片を付ける事が出来た。

「ご主人様も戦いを終えた様です。私もそろそろ終わりにしますね。我が敵を穿て神槍ラジュネイト」

前回同様シルが神槍の一撃を発動してあっさりと地竜を消滅させたので、そこで俺達の戦闘は終了した。

あとは冬彦さん達だが、すでにワイバーンのうちの一体は片付けて、残る一体に全員でかかっているところだった。

「凛子、頼んだぞ！」

「任せてよ『ファイアスピア』」

凛子さんが放った炎の槍がワイバーンの右翼に命中して墜落させる事に成功し、地に落ちたワイバーンに向けて男性陣が一斉攻撃を始めた。

「オラ～！　さっさとくたばれ！」

「そろそろ、終わりじゃない？」

「なかなかしぶといな～」

メンバーが総出で攻撃をしかけ、ワイバーンはあっという間に消滅してしまった。

「高木くん、その銃を撃つところを見たよ。見た目通りカッコいいな。やっぱり見た目とエフェクトは大事だよな。憧れるよ」

「ありがとうございます。みなさんも流石の戦い方でした」

「いやいや、やっぱり高木くんのところのパーティは頭ひとつ抜けているよ。間違いなくもっと下の階でもいける」

俺達はその後二回ほどドラゴンとの戦闘を繰り返してから別れる事になった。

「俺達は今日はここまでにして引き上げます」

「おお、学校だもんな。今日は一緒に回れてよかったよ。また機会があったらよろしく頼む」

「いえ、こちらこそよろしくお願いします。冬彦さん達はまだ進むんですか？」

「ああ、今日も泊まりで頑張るよ」

「頑張ってください」

やはり専業の人達はすごいな。これから更に進む上にダンジョンで寝泊まりするのか。

それにしても今回は冬彦さん達に同行出来てラッキーだった。

ドラゴンの情報や他のパーティの戦い方も参考になったし、距離も稼げた。良い人達だったので、また一緒に潜れる機会があれば是非お願いしたいくらいだ。

冬彦さん達がダンジョンの先に進むのを見送ってから俺達はその場から少し引き返し、周囲に誰もいないのを確認してから『ゲートキーパー』で一階層へ戻り地上へと出た。

「いい人達だったわね」

「そうだな、パーティとしてもまとまりがあっていい感じだったな」

「そうですね。俺達も負けてられませんね」

「それじゃあ、また来週ね」

「俺は明日からはまた一階層に潜るけどね」

「海斗、無理はするな」

初めての十七階層の探索は、冬彦さん達との出会いもありかなり順調だった。ただ、今のところ十七階層で霊薬につながる成果はゼロだ。

みんなと別れてから俺は一人でスーパーへと向かった。

最近土日のカレー比率が上がり過ぎているので、母親に今日は俺が肉を買って帰ると伝えておいたからだ。

焼肉かしゃぶしゃぶにしようと思うけどどっちがいいかな。

スーパーに着いてから、早速肉のコーナーへと向かう。

売り場を見ると一番に焼肉用の肉が目に飛び込んできたのでその瞬間俺の心は決まった。

今日は焼肉だ。

「どれにしようかな～」

家族三人で食べるので最低でも五百グラムは欲しいところだけど五百グラムのパックを見るとちょっと少ない気がする。

かなり迷い結局少し多めの六百グラムの肉を買う事にした。

一番安い輸入牛肉は千円を少し超えるぐらいからある。赤身中心でそれなりに美味しそうに見える。

次に安いのが国産牛で二千円ぐらいだ。見た感じは輸入牛肉同様に美味しそうだ。国産牛の中でも交雑種というのがあり少しだけ値段も高いが、何と交雑しているのかよくわからない。

そして一番高いのが和牛。見るからに霜降り肉。ただ値段は一番安いのでも五千円、高いものだと一万円に届く値札が貼られている。

十七年間の人生でこれほど真剣に肉を選んだのは初めてだと思う。

値段で選ぶなら輸入牛肉。見た目で選ぶなら和牛。今回はこの二択だ。ただ一食で一万円はきついので最高級和牛は無理だ。

ただスーパーで売っているところを見ると、普通に一万円の肉を買っている人達がいるという事だろう。

俺が知らないだけで、人の家の食卓は俺が思っている以上に豪勢なのかもしれない。

「う～～ん」

食肉コーナーで俺が悩んでいる側から、女の人達がどんどん肉へと手を伸ばし取っていく。

みんな多少は値段を見ているみたいだけど俺の様に真剣に悩んでいる人は誰一人としていない。

「あっ……」

俺がじっと見ていた和牛のパックが取られていってしまった。

これ以上悩んでいる時間は無い。

俺は遂に決意を固め和牛六百グラム五千円のパックを手に取りレジへと向かった。

五千円の肉を手に持ちレジに並んだが、もちろんこれ程高額な肉を自分で買うのは初めてだ。

レジに金額が表示された瞬間、ちょっとドキッとしてしまったが、問題なく支払いを終えて颯爽と家へと向かった。

「ただいま」

「海斗～お肉買ってきた？」

「ああ、これ」

「あら～もしかして和牛じゃない。しかも霜降り。こんなにいいお肉じゃなくてよかったのに～。和牛ね和牛」

母親は言葉とは裏腹に明らかにテンションが上がったのがわかる。

「お父さん～、海斗が和牛買ってきたわよ和牛！」

「おお、和牛か。霜降りだな」

我が家では珍しい和牛の登場に両親が、和牛と霜降りを連呼している。

早速野菜と一緒にホットプレートで焼いて食べてみる。

「うん、おいしい」

「海斗～、柔らかい！　いつものお肉と違うわ～」

「ああ、確かに美味いな。流石和牛だ」

五千円しただけあって、いつも家で出てくる肉よりも明らかにおいしい。柔らかいし肉の脂に甘味がある。

「海斗、どんどん焼いて」

「ああ……」

焼いた傍から肉が消えていく。野菜はほとんど減っていないのに明らかに肉の無くなっていくペースが早い。

六百グラム買ったので三人には十分な量あったはずだけど、既に半分以上が無くなってしまっている。

「家で焼肉もいいもんだな」

「そうね～お父さん。海斗がまた買ってきてくれると助かるわね～」

「わかってるよ。またそのうち買ってくるよ」

「悪いわね～。今度はもっと安い肉でいいのよ。でも和牛はおいしいわよね。やっぱり和牛は違うわね」

これは暗に次回も和牛を買ってこいと言っているのだろうか？

ちょっと失敗したかもしれない。最初に買ったのが和牛だったせいで次回のハードルが上がってしまった。

こんな事なら今回は一番安い輸入牛肉を買ってくればよかった。

まあ確かに今食べている和牛はおいしいから、後悔(こうかい)はしていない。

ただ買ってきた俺以上に両親が肉ばかり食べているのは気になる。

「海斗～和牛焼いて」

「もう、これで終わりだけど」

「え……嘘(うそ)……」

「いや、本当だけど」

「足りないわよ。量が少なすぎるんじゃない」

「いや六百グラムだから一人二百グラムはあったはずだし、十分でしょ」

「海斗、次はもう少し量も頼んだぞ」

「わかったよ」

俺の両親は普段食べる量は至って普通だ。それなのにこの量の肉をペロッと食べた上にまだ足りないらしい。和牛の力は偉大だな。

焼肉を食べ終わってからは学校の宿題をやって、眠りにつく事にした。

三年生になってから地味に宿題が増えている気がするけど、探索のせいで学校の勉強が疎かになったとは思われたくないのでしっかりと終わらせる。

そろそろ受験対策に王華学院の過去問題集を買ってきてやってみようかと思っている。

ヒカリンの件が一段落したら模試も受けてみようとは考えてるけど今は無理だな。

翌朝いつもの様に学校へと向かった。

「あ～春香、ちょっといいかな」

「うん、どうかした？」

「俺今ダンジョンで忙しくて土日の休みも潜ってるんだよ」

「うん、ミクからヒカリンの事は聞いてるよ」

「それで昼間は無理なんだけど来週の日曜日の夜にご飯食べに行きませんか？」

「もちろんいいけど大丈夫？」

「大丈夫、大丈夫。じゃあ日曜日の六時三十分に駅前でいいかな」

「うんわかったよ、楽しみにしてるね」

春休みが終わってから春香と遊びに行けていなかったけど、今週末だけはどうしても外せない理由がある。

今週末は春香の十八歳の誕生日だ。どうしてもお祝いをしたかったので断られなくて本当に良かった。

残念ながらまだプレゼントも買う事が出来ていない。

明日の夜にでも時間を作って買いに行こうと思う。

§

放課後すぐにダンジョンへと向かう。

今日からの目標は昨日までとは違う。昨日まで一階層ではスライムの魔核を集める事が第一目標となっていたが今日からはメタリックカラーのスライムを探す事が最優先だ。

「シル、前回メタリックカラーのスライムが出てから何匹ぐらい倒したか覚えてるか？」

「流石に数が多すぎてハッキリとはわかりませんが確実に四桁はいっていると思います」

「そうだよな～。そもそも一定の確率で出現するのかも怪しいんだけどな」

とにかく平日潜れる時間は限られているので、小走りでダンジョンを駆けていく。

「お！　イエロースライムだ」

俺はスライムの前まで全速力で走りすぐさま殺虫剤ブレスをお見舞いして魔核を回収した。

効率を考えるとベルリアと交互に倒すのが一番だったけど、唯一の懸念はサーバントが倒したスライムの数は俺が倒した扱いになるのかどうかという事だ。

パーティで戦ったとしても戦いに参加していれば経験値的なものは、ある程度分配されているイメージなので、スライムを倒す事についても共有化されているのではと考えている。

ただ明確な計測機があるわけではないのであくまでも推論の域を出ない。今回はどうしても失敗できないので、とどめは必ず俺がさす事とした。

以前はこの単調な作業にルシェが文句を言っていたが、今回は一切何も言わない。

事前に今回の事情と俺の考えを伝えておいたので流石にルシェも茶化す様な真似は控えている。

「おお！　あれはピンクスライム！　結構レアカラーだ。俺がやる」

俺はピンク色のスライムに向けて殺虫剤ブレスをお見舞いして、難なく倒す事に成功したが残されたのは当然、通常のスライムの魔核が一個だけだ。

スライムには色々なカラーがあり、水色、緑色、赤色、茶色あたりはメジャーカラーだ。

ただそれ以外のレアカラーのスライムを倒したとしても残される魔核は全く同種のものだ。

カラフル過ぎて保護色とは思えないし、スライムの色に何の意味があるのかは全くわからない。

淡々とスライムを狩っていくが、今日は入り口以外では、まだ他の誰とも会っていない。

最近は、一階層でたまに成りたての探索者を見かけるが、俺とは全くペースが違うので一瞬すれ違うだけだ。

「ああ～メタリック来い。寄って来い。す、す、す～らいむ、こっちのみ～ずは甘いぞ」

「ご主人様、それは一体何の歌なのでしょうか？ 水が甘いのですか？」

「あ～、スライムが寄って来る歌？」

「そんな歌があるのですか？」

「まあ、たぶん、あるかも」

そんなに真剣に聞かれても困ってしまう。

気分転換というか神頼み的に口ずさんだだけなのに、言いづらい。

「シル騙されるなよ。絶対嘘だぞ。さっきのがそんな特殊効果を持っているはずはない！」

「ルシェ、ご主人様は『スライムスレイヤー』なのですから、スライムに対して特殊な能力をお持ちなのかもしれませんよ」

「ふん、どうせ思いつきで作った歌に決まってる」

俺の事を信じてくれるシルはやっぱり心のオアシスだ。

だが残念ながら今回はルシェが百パーセント正しいんだ。

出来れば今後は俺の歌やいつもと違う行動はあまり気にせずに流して欲しい。

第三章 ❯ 春香の誕生日

俺は二日連続で一階層に潜ってスライムを狩っている。何となく勇気が出ずヒカリンとは土曜日以降連絡を取り合ってはいない。

「ご主人様、昨日のスライムを呼ぶ歌は歌わないのですか？」

「あ、ああ、今日はちょっと喉の調子が悪いからやめておくよ」

「風邪でもひかれたのでしょうか？　大丈夫ですか？」

「ああ、大丈夫だよ」

本当は喉は全く痛くはないけど、昨日の歌は真顔で対応されると恥ずかしくて歌えない。

それから二時間程スライムを倒して回ってから地上へ戻り、すぐにショッピングモールへと向かった。

目的は春香の誕生日プレゼントだが、何を買うかは決めていない。

決めていないというか正直何を買えばいいのか分からない。

誕生日プレゼントって普通何をあげるのだろう？

映画で女性の誕生日に主人公が薔薇の花束を渡したりとかは見た事があるけど、俺がそれを真似すると大惨事になるのは間違いない。

ただ、指輪もブレスレットも既にプレゼントしたしな〜。女の子って指輪を二つももらっても嬉しいものだろうか？

それとも色違いの同じゲーム機を二台もらった様なもので嬉しくはないのだろうか？

小学校低学年の時はよかった。手作りの工作物や鉛筆とか消しゴムをプレゼントするので十分だったので、誰かの誕生日プレゼントに迷うという事はなかった。

あれから十年近く経過した今、俺には全くわからない。

女の子が春香が喜んでくれるプレゼントがわからない。

以前読んだ事のあるラブコメで、石鹸とかタオルとかクリームっていうのがあったけど、そもそも日用品をプレゼントにもらって嬉しいのだろうか？

俺は去年、誰からも誕生日プレゼントをもらっていないけど、仮に石鹸やタオルをもらっても嬉しくない気がする。

しかも俺が春香にそんなものを送った日には下心から送ったと思われそうで怖い。

真司と隼人に聞いても参考になるとは思えないのでとりあえず、モール内を見て回る。

見て回るうちに気になったのは、ちょっと高級なシャーペンだ。受験もあるのでいいかもしれないなとは思ったものの、女の子である春香はこれをもらったら喜ぶだろうか？

春香の事だからきっと喜んではくれると思うけど、女子高生への誕生日プレゼントとしてはどうなんだろうか？

一応頭の中でキープして他の店も見て回る。

「う〜ん、何がいいのかな。服は俺じゃ無理だしな〜。どうすればいいんだ……」

買いに来ればどうにかなるだろうと思っていた俺が甘かった。

よく考えると今までのプレゼントは全部春香が選んだ様なものだった。

俺には決定的にセンスがない。おまけにアイデアもない。

「う〜ん」

頭を悩ませながらモール内を歩いていると、前回指輪を買ったジュエリーショップの前まで来ていた。

店頭でボ〜ッと眺めていると前回もいた店員さんが声をかけてきた。

「いつもありがとうございます。本日はあの可愛い彼女さんはご一緒ではないんですか？」

どうやら、俺の事をしっかりと覚えてくれているらしい。

「今日は一人です。誕生日プレゼントを探してるんですけど何がいいかわからなくって」

「そうでしたか。彼女さんが羨ましいです。確か前回来られた時は指輪をお買い上げいただきましたよね」

「はい、そうです」

　この人すごいな。俺が前回買った物まで覚えてるんだ。

「前回の指輪も非常にお似合いでしたし、また指輪はいかがでしょうか？」

「指輪ですか……同じ物を二つもらって嬉しいものですかね」

「お客様、宝石をあしらった指輪は一つとして同じものはない唯一無二のものなのです。宝石は、それぞれが唯一の輝きを放つ特別なものです。たとえ幾つであっても、恋人から指輪を送られて嬉しくない女性はいません」

「そういうものですか」

「はい、そういうものです」

　やはり、モブに過ぎない俺には女性心理を理解する事は難しいようだ。

　そして店員さんは誤解しているけど恋人ではない。

　心の声を押し殺し、そのまま案内されて指輪をいくつか見させてもらったけど指輪の良し悪しは正直よくわからない。

　前回春香に贈った指輪は特に似合っていたと思うけど、色ぐらいしか違いがわからない。

　それに高校生である春香が複数の指輪を身につけているイメージもあまり湧かない。

「やっぱり、前回指輪だったし指輪じゃないのがいいと思うんです。ブレスレットも以前贈ったことがあるんですよね」

「そうですか。それではネックレスか時計はいかがでしょうか？」

ネックレスか時計。ネックレスも春香には似合うと思うけど、時計はいい気がする。学校でも使えるしプレゼントには最適かもしれない。

春香がどんな時計をしていたかは残念ながら思い出せないけど、朧げながら腕に時計をつけていたような記憶はある。

「それじゃあ、時計を見せてもらってもいいですか？」

「はい、もちろんです」

時計の専門店ではないので、それほど多くはないけど女性らしい時計が並んでいる。

「ご予算はどのくらいをお考えでしょうか？」

「そうですね。二〜三万円でもありますか？」

「もちろんです。彼女さんのイメージだとこの時計とかはいかがでしょうか？」

そう言って俺の前に店員さんが三つの時計を並べてくれた。

それぞれ文字盤が水色、白色、ピンクの時計だが、ジュエリーショップの時計だからか何となくお洒落に見える。

「それぞれこちらから一万五千円、二万九千円、三万八千円になります」

値段はどれも出せない事は無い値段だ。

三つの時計を前に春香をイメージしてみると、どの時計も似合う気がする。春香がつければどんな時計でも輝いて見える。

ただ、俺の春香のイメージは白。白のワンピースも最高に似合っていたし白が一番しっくりくる気がする。

「これってどうですかね」

「彼女さんのイメージにぴったりだと思います。清楚で清潔なイメージですよ」

「そうですよね。それじゃあこれをお願いします」

結局、白色の文字盤の時計を買う事にして会計をお願いした。

「いや～彼女さん愛されてますね～。指輪もですけどやっぱり時計も特別な意味がありますからね～。時を刻みますからね！」

「いや、本当にそういうのじゃない……」

「照れなくてもいいじゃないですか。仲が良くて羨ましいです。ずっとお幸せに」

結局店員さんは最後まで春香の事を彼女だと勘違いしたままだったようだけど、これ以上この人に説明してもあまり意味はないので諦めた。

それより時計が時を刻むって当たり前の事だと思うけど、妙に強調していたのは何か意味があるのか？　少しだけ不思議に感じたものの、大した事ではないだろうと思い俺は会計を済ませてラッピングしてくれた時計を受け取って帰る事にした。

店員さんのおかげもあって思っていたよりもずっといいプレゼントが買えた気がするので春香が喜んでくれるといいな。

プレゼントを選び終え、家に帰ると今日もカレーだったがいつものカレーとは少し味が違う。

「母さん、なんかいつもとカレーの味が違う気がするけどルーを変えたの？」

「そうよ～。今日はこれを使ってみたんだけど、どうだった？」

そう言って母親が見せてくれたのは本格レトルトカレーのルーだった。

いつもと違うと思ったらレトルトカレーだったのか。

「なんでレトルト」

「それが、急に春香ちゃんのママに誘われてお茶してたら、あっという間に時間が過ぎちゃって、作る時間がなかったからレトルトなのよ。美味しくないの？」

「いや、普通に美味しいけど」

いつもと違う味だけど、これはこれで非常に美味しい。さすがは本格を謳っているだけはある。

それよりも春香のママと時間を忘れるほど何を話していたのかという事の方がずっと気になって、聞いてみたけど「いろいろよ～」としか答えてもらえなかった。

いろいろってなんだ。余計気になってしまう。

§

昨日は春香のプレゼントも買えたし、俺は朝から機嫌良く授業を受けている。

今から週末が楽しみだ。

昼休みになりトイレに向かっていると誰かの声が聞こえてきた。

「先輩！」

あ～今日は何を食べようかな。

今日は、パンも弁当もないから学食に行こうかな。今日の日替わりなんだろう。

「先輩、わざとですか？」

その前に早くトイレに行かないと、俺のナイル川が氾濫してしまう。

「先輩！　無視しないでください。無視するなら乱暴されたって騒ぎますよ」

「へっ?」

「ようやく反応してくれましたね。やっぱり聞こえてるのに無視してたんですね」

「ああ、この前の……いや、先輩って俺の事だとは思ってなかったんだ」

「そうですか。これだけ近くで声をかけていたのにそんな事ありますか?」

「それより何か用かな?」

「ダンジョンの話を聞きたいんですけど」

「あ~、俺トイレに急いでるからまた今度ね。じゃあ!」

この子と話し込んでいる場合じゃない。こんなところでゆっくりしていると俺のナイル川が決壊してしまう。

俺は早足でトイレへと駆け込んだ。

「ふ~、結構危なかったな。膀胱炎になるところだった」

授業が始まってすぐ、ナイル川が暴れ始めたので、五十分近く我慢した事になる。耐え切った自分を褒めてやりたい。

無事にトイレを終えたので、急いで学食へ向かう。

出遅れてしまったので、今日は日替わりが残っているかはちょっと怪しいな。

「先輩!」

「まだいたのか？　俺は今から学食だから、それじゃあ」

「私も学食なんで一緒に行っていいですか」

なんだこの子は？　なんで付き纏うんだよ。ダンジョンの事が聞きたいんだよな。隼人でも紹介してやろうかな。隼人ならこの子が相手なら喜んで教えてくれそうだし。

「ダンジョンの事が聞きたいんだよな。それじゃあ俺よりもうってつけの奴がクラスにいるから紹介するよ。隼人も十階層を超えてるし、親切に教えてくれるはずだぞ」

「いえ、結構です」

即答で断って来た。この子の目的は何なんだ？

まあ、このまま学食で別れればいいか。

学食で日替わり定食を確認すると残念ながら完売している。

残っているのはカレーかうどんかラーメンか。

うん、カレーは昨日食べたし今日はラーメンだな。

俺はラーメンの食券を買ってから、出来上がるのを待って受け取り、空いているテーブルに座って食べる事にする。

うどんかラーメンと言われればラーメンの方が好きだけど、学食のラーメンは残念ながらそれほど美味しくはない。

麺は茹で過ぎだし、具は蒲鉾が二切れにメンマが二本とペラペラのハムが一枚。ただこの物価高騰の時代に価格が二百八十円という事を考えると文句は言えない。

「ここ空いてますか？」

「ああ、空いてますよ」

背後から女の子の声がしたので返事をしたが、隣の空いていた席に座ったのは、さっきまでのあの子だった。

「何でいるんだよ」

「それはお昼を食べるからですよ。先輩はラーメンなんですね。私はうどんです」

「ああ、そうなんだ」

「可愛い後輩がお話を聞きたいと言ってるんですから、いいじゃないですか」

「可愛い後輩ね……名前も知らないんだけど」

「私は野村理香子です。探索者に成り立ての一年生です」

やっぱりこの子は探索者なのか。

まあ十五歳から探索者になれるけど、高校生になるタイミングで探索者になる人も多いもんな。

「あ～まあ、頑張ってね」

「先輩は今何階層に挑んでいるんですか？」

「俺？　十七階層だけど」

「十七階層ですか？　さすが『黒い彗星』ですね」

「野村さん、学校ではその呼び方はやめて欲しいんだけど」

「え？　どうしてですか？　探索者の勲章ともいえる二つ名じゃないですか。しかも『黒い彗星』ってちょっとカッコよくないですか？」

後輩の扱いなど慣れていない俺には、この子が、素で言っているのかそれとも俺の事をおちょくっているのか判断がつかない。

俺は学食のラーメンを急いで食べることにする。

できるだけ早く食べ終わって席を立とうと考えている。

「先輩、私食べるの遅いんで、待っててください」

「え〜っと、何で俺が待たないといけないのかな？」

「それはもちろんお話があるからです」

食べ終わったら速攻で去るつもりだったが、人から用件をはっきり伝えられて、それを無視する度胸は俺にはない。

は〜〜ぁ。

諦めて通常のペースに戻し、余りおいしいとは言えないラーメンを味わう事にする。

「それで、話って何？」

「ああ、それなんですけど、先輩って探索者になってどのくらいですか？」

「ちょうど三年ぐらいだけど」

「三年で十七階層ですか」

「まあ、そうなるな」

「秘訣(ひけつ)を教えてください」

「秘訣って何の？」

「探索者としての秘訣です」

探索者の秘訣ってやたらと抽象的(ちゅうしょうてき)な質問だな。

「特に秘訣なんかないけど、努力と継続(けいぞく)と運じゃないか？」

「そういう抽象的なのじゃなくてもっと具体的なアドバイスをお願いします」

この子自分が抽象的な質問をしたくせに、俺の答えが抽象的って。

「そう言われてもな～。ちなみに野村さんは今何階層なんだ？」

「え、えっと、一階層ですね」

「まあ、成り立てだったら当たり前だよな」

「そ、そうですよ。わ、わたし成り立てのルーキーですからね」

あれ？　なんか急に受け答えが挙動不審になった気がするけどなんだ？

「ぱぱっと一階層を攻略して二階層へ行く方法とかを教えてくれませんか？」

「あのなぁ、そんなのあるわけないだろ」

「だって先輩は、ぱぱっと二階層ぐらい攻略したんですよね」

「は～、そんなはずないだろ。自慢じゃないけど俺ぐらい一階層で足止めくらってた探索者はいないと思うぞ」

「そ、そんなの嘘ですよ。ありえないじゃないですか。だって『黒い彗星』ですよ」

この子はまた『黒い彗星』って何か俺の事を誤解してるのかな。

「何か勘違いがあるようだけど『黒い彗星』っていうのは、結構最近ついた名前で、その前は俺『スライムスレイヤー』って呼ばれてたから」

「スライムスレイヤーですか？」

「うん、そう。長い間一階層の住人だったからそう呼ばれてたんだ」

「嘘ですよね」

「いや本当だけど」

この子の意図がよくわからない。俺が一階層に長くいたら何かこの子に不都合があるのだろうか？

なぜか俺がすごい探索者じゃないと困るような物言いだな。

「じゃあ、二階層へ行くのにどのくらいの時間がかかりましたか？」

「結構早い段階で一度は二階層まで降りたんだけど、ゴブリンに殺されかけてね、それからはずっと一階層にいたからほとんど毎日潜って丸二年かかったよ」

「二年ですか」

「だから成り立ての野村さんはゆっくりやれば良いんじゃないかな」

「……成り立てじゃないんです」

「えっ？」

どういう意味だ？

「恥ずかしくて嘘つきましたけど、本当は私成り立てじゃないんです。もう探索者になって一年経ちました」

あ〜そういう事か。てっきり成り立てのルーキーが探索を甘く見て、お手軽に下層へ降ることができる方法を聞き出したいのだとばかり思っていたが、どうやらそうではないらしい。

「一年か〜。結構潜ってるの？」

「平日は難しいので土日は大体潜っています」

「二階層に降りた事はあるの？」

「はい、最近になって何度かは降りた事がありますけど、ゴブリンに勝つ自信がなくて、入り口付近ですぐに引き返しています」

「そうか……。今のレベルを聞いてもいいかな」

「はい、大丈夫です。私のレベルは4です」

正直思ったよりも野村さんのレベルは高かった。一年間、週末だけの探索でレベル4なら俺より優秀なんじゃないか？

「探索者になって一年でレベル4なら悪くないと思うけど」

「先輩のレベルはいくつなんですか？」

「今はレベル22だけど」

「ほら、やっぱり全然ダメです。わたし才能がないんです」

「いや、俺よりも才能あるよ。俺なんか二年やってレベル3だったんだから」

「惨めになるからそんな嘘はやめてください」

嘘じゃないんだけどな～。本当に二年やってレベル3にしかならなかったんだけど。

話しているうちに野村さんの悩みが大体わかってきた。

「それで、野村さんは、今一階層で行き詰まってるって事かな」

「そうです。レベルも上がらなくなってしまって、一階層から抜け出せないんです。今のまま無理してゴブリンと戦っても死んじゃうと思うんです。それでどうしようもなくて」

「ゴブリンは強いからな～。ちなみに野村さんの使ってる武器は何？」

「サバイバルナイフとスライムにはハンマーです」

「あ～それじゃあゴブリンには難しいと思う」

「え？　でもわたしにはそれしかありません」

「新しい武器を買うお金は？」

「そんなものありません。ギリギリの生活なんです」

なんとなくだけど、この子あんまりお金がないのか？　表情と言葉から切羽詰まっているような印象を受ける。

まあ、生活費を稼ごうとして探索者になる人も相当数いるので、この子がそうだったとしても驚きはない。

「本当はボウガンがあればいいんだけど」

「だからそんなものを買う余裕は家にはありません」

どうしたものだろうか。この子の事はよく知らないしこれ以上踏み込むのも違う気がするしな～。ただこの子の思い詰めた顔を見るとこのまま放っておくのも気が引ける。

「野村さんは二階層に進んでお金を稼ぎたいんだよね」

「はい、そうです」

「それなんだけど俺の経験からすると二階層は、あんまり稼げないんだよな～。それに三階層からはソロじゃ無理だと思う」

「そんな……」

確かにショックだよな～。ゴブリンはあんなに強いのに魔核の大きさはスライムと大差ないもんな～。それにシル達がいなければ俺も三階層は無理だったしな。

「稼げるようになるのは五階層を越えて十階層に近づいてからなんだよ。今は、ちょっと事情があってすぐには無理だけど、時間ができたら二階層までは連れて行ってあげてもいいけど」

「本当ですか？」

「ああ、この二～三ヶ月ぐらいは無理だと思うけどその後なら構わないよ」

「お金はありませんよ」

「はは……別にお金が欲しいわけじゃないから」

「身体も無理ですよ」

「え〜〜っと、野村さん。俺そんなに悪そうに見える？」

「見えません」

「うん、特に何か見返りが欲しいわけじゃないよ。ただ昔の俺に似てたから、ちょっと手伝おうかなと思っただけだよ」

「ありがとうございます。先輩やっぱり超絶リア充ですね」

そう言って野村さんは今日一番の笑顔を見せてくれた。まあちょっとお節介が過ぎる気もするけど、女の子が昔の俺と同じように苦しんでいるのを見たら少しだけ手伝いをしてあげたくなってしまった。

どんなに頑張っても自分だけの力では越えられない時がある。俺だってシルとルシェがいたから今の俺があるんだから。

誰かの助けを借りる事は決して恥ずかしい事じゃない。

野村さんは勇気を出して俺に助言を求めてきた。

幸い今の俺にはこの子をサポートしてあげられるだけの力がある。

今の俺は少しはあの時の春香のように振る舞うことができているだろうか？

あの時俺を救ってくれ俺が憧れた春香のような人間に少しは近づけているだろうか？

あの日夢見た葛城隊長のような英雄の姿を追えているだろうか？

ただひとつはっきりと言っておきたい。野村さん、俺は間違って(まちが)ても超絶リア充ではないよ。

§

いつものように一階層でスライムを倒して回りいい時間になったのでサーバント達をカードに戻して(もど)地上へと戻る。

この季節の夕方は気持ちが良い。

魔核も順調に集まっているので明日からも集中して探索に臨み(のぞ)たい。

家に帰ると珍しく(めずら)夕食がカレーではなく麻婆豆腐(マーボーどうふ)だった。

カレーに食傷気味だったので久々の中華(ちゅうか)はいつも以上に美味しく(おい)感じた。

「母さん麻婆豆腐って久しぶりだよね。おいしかったよ」

「そう、よかったわ。それで、旅館は決まった？」

「え？　いや、まだだけど」

「海斗(かいと)、ゴールデンウィークを舐め(な)ちゃダメよ。早く取らないとどこも行けなくなってしまうわよ」

「あ～そうなんだ。また見ておくよ」

「頼んだわよ」

もしかして今日麻婆豆腐だったのってこれがあるからか？

そうだとしたらギリギリまで延ばした方が良かったりするのか？

まあ、本当に予約が取れなくなるとまずいから、一応この後夜にでも探してみようかな。

麻婆豆腐を食べ終わってから自分の部屋に戻って、スマホを開いて以前行った宿のホームページを開いて予約ページに進んでみる。

「あ……」

予約ページのカレンダーの中のゴールデンウィークには全て×がついていて予約不可となっていた。

「まずいな……」

正直、この宿を取ろうと思っていたので他は全く考えていなかった。

俺は焦りながら、宿の予約サイトを検索してゴールデンウィーク中に空いている宿を探してみる。

「マジか……」

なんとゴールデンウィーク中は既にほとんどの宿で満室と表示されている。

母さんからゴールデンウィークを舐めるなと言われたばかりだが、俺はどうやらゴールデンウィークを舐めていたらしい。

慌てて空いている宿を確認すると空いている宿は完全に二極化していた。

温泉無しで部屋はトイレ別のレトロな小さな宿か高級温泉宿のハイクラスな部屋しか空いていない。

母さんからは温泉宿と言われているので前者はなしだ。残るはハイクラスの高級宿しかないが、値段を見て驚いた。

高級宿なので通常でもそれなりの値段なのだとは思うが、今表示されている金額は恐ろしく高い。

一泊二食付きがここまで高いのか。

二人で泊まると低級ポーションが買えてしまうが、約束した以上取るしかない。

「ふ〜〜っ」

俺はスマホの予約画面に進み、恐る恐る高級宿の予約ボタンを押す事にする。

「あ〜押してしまった。だけど約束だもんな」

自分で予約を取っておいてあれだが、ここまでの高級宿を予約する気はなかったので、さすがにへこんでしまった。

§

今日は朝からパーティで十七階層に潜っている。

徐々に奥へと向かって進んでいるが、今のところ先週までに遭遇した竜にしか遭遇していない。


「海斗、春香が明日誕生日なんでしょ」

「よく知ってるな～。そうだよ」

「夕食を一緒に食べるんでしょ」

「そうだけど、春香に聞いたのか？」

「行くお店決めたの？」

「いや、まだだけど」

「え……明日なのよね。予約しないとまずいでしょ」

「お店って予約するものかな」

「当たり前でしょ。海斗やばいわよ。日曜日はどこもいっぱいよ。今日の探索が終わったらさっさと予約しなさいよ」

た。

「わかった。探してみるよ」

俺は昨日までに両親の宿の予約は済ませていたが明日のお店の予約はまだしていなかった。

大体飲食店に予約をして行った事なんか今までに一度もなかったし、予約をする発想自体がなかった。

ただミクの口ぶりから、予約しておかないと明日の夕食がまずい事になるのは理解できたので、探索が終わったら即スマホで調べて予約する事にする。

「マイロードお気をつけください。そこの左側にトラップがあります」

「ああ、ベルリアありがとう」

前回潜った時にも冬彦さんが十七階層は結構トラップが多いと言っていたけど本当だな。

「ルシェ気をつけてくれよ」

「失礼な事を言うな。わたしがトラップなんかにかかるはずないだろ！」

「そうは言ってもな〜」

「あっ⁉」

「ルシェどうしたんだよ」

「壁が……」

ルシェが触れた壁の周囲が、なぜか一部凹んでいる。

これは元からじゃないよな。

「ルシェまさか……」

「ん～え～っと」

間違いない。ルシェがまたやらかした。今度は何が起こるんだ？

壁の凹みからは、銃口に似た物体がいくつかせり出してきた。まずい。

「シル！　『鉄壁の乙女』だ！　みんなシルの周りに飛び込め！」

俺の声に反応して全員が一斉に動き出す。

シルは即座に『鉄壁の乙女』を発動し、俺はシルに向かってジャンプして飛び込む。他のメンバーも既にシルに向かって動き出している。

ルシェもすぐに壁から手を離し『鉄壁の乙女』の効果範囲の中に俺よりも早く到達していた。

俺が飛んでいる最中に壁からせり出した銃口から複数の発射音が聞こえてきた。

俺は間一髪光のサークルの内側に飛び込む事が出来た。

俺がサークル内に滑り込んだ直後、複数の銃弾が光のサークルに襲いかかったが『鉄壁の乙女』が銃弾を通すことは一切なかった。

「ふ～危なかった。あとちょっとでも動き出しが遅かったら危うく蜂の巣にされるところだったな」

「まあ、みんな無事だったんだから、問題なしだな」

「いや、問題あるだろルシェ」

「だって壁が……」

「だってじゃない。あれだけ注意するように言っただろ。しかも避難するのが俺より速いっておかしいだろ。俺なんか危うく死ぬところだったんだぞ」

「わるかったよ」

「わるかったよ？」

「ご、ごめんなさい」

「は～もう何も触るなよ」

「わかった」

いったいルシェは何度トラップにかかれば気が済むんだろうか。

しかも毎回本人にはなんの被害も及ばず、影響があるのは俺ばっかり。

これも悪魔による一種の呪いなのだろうか。

それならルシェと一緒にいる限りこの状態が続く可能性もあるけど、今更ルシェを切り

離すという選択肢がない以上やむを得ないのかもしれない。

まあ、ルシェが単純にドジなだけという可能性もあるので、今後も注意を続けていこうとは思う。

効果は薄いと思うけど、今度春香を誘って神社でお祓いでもしてもらおうかな。

ルシェがこれ以上やらかさないように以前組んでいたフォーメーションに戻し、ベルリアを先頭にシルを中心にしてメンバーが極力固まって進む事にする。

今の俺はドラゴン以上にトラップを警戒していた。

「ご主人様、敵モンスター三体がその先を曲がったところにいます」

「ベルリア！　その位置迄にトラップはないか？」

「マイロード、おそらく大丈夫だと思います」

敵モンスターに突っ込んだ瞬間、無防備にトラップにハマる事だけは避けたい。

「ベルリアと俺で先に敵を確認。あいりさんとシルは敵の種類が確認でき次第攻撃してください」

壁に阻まれて全く敵の姿が見えないので、慎重にベルリアと俺で先に進んで行く。

通路の角まで来たので、そっと覗いてみると十メートルほど先にドラゴン三体が確認できる。

かなり近いな。

姿を見る限り雷竜に近い気がするけど、今まで出現した雷竜とは少し体色が違い、青みがかった色をしている。

もしかして違う種類なのだろうか？

「ベルリアどう思う？　あれって雷竜か？」

「見た目は似ていますが、三体とも雷竜とは色が異なるのでおそらくは違う種類かと」

「そうだよな。とりあえずここから二人で狙ってみるか」

「わかりました。お任せください」

俺達は気配を薄めているので、ドラゴンにはまだ気付かれていない。

俺は『ドラグナー』を構えて一番手前にいるドラゴンに狙いを定める。

邪魔も入らないので完全に狙いをつけた状態で『ドラグナー』の引き金を引く。

『ドラグナー』が発光し弾が射出されドラゴンの頭部に命中。

ベルリアもほぼ同じタイミングで風の魔刀で『ヘルブレイド』を放った。

風を纏った黒い刃がもう一体の竜に向けて飛んでいったが、黒い斬撃がドラゴンに命中すると、ドラゴンの体表に分散して消え去った。

俺が撃ったドラゴンはそのまま消失したが、ベルリアの狙ったドラゴンはそれほどダメージを受けた気配がない。攻撃を受けた事でこちらを認識した二体のドラゴンが猛然と突進してくる。

「シル、あいりさん、ドラゴンが二体向かってくる！　ベルリア一旦引くぞ！」

ベルリアの攻撃が無効化された理由がわからないのでベルリアを一旦下げる。

俺とベルリアが後方へと逃げるのと入れ替わるようにシルとあいりさんが前に出る。

「早く消えてください。ご主人様の妨げになっています。『神の雷撃』」

シルの雷撃がこちらに向かって来ていたうちの一体に炸裂し消滅した。

残りは一体だ。

あいりさんが『アイアンボール』を発動し、鉄球がドラゴンに向けて飛んで行くが着弾する少し手前で鉄球がドラゴンの表皮を滑って後方へと流れた。

どういうことだ？

ベルリアの時よりも鉄球の動きはわかりやすかった。

ドラゴンの五十センチほど手前から後方へとスルッと滑って流れた。

だけど、あの不自然な動きはなんだ？

ドラゴンは勢いを弱める事なくあいりさんに向かって来ているので、ミクに援護を頼む。

「ミク、足止めを頼んだぞ！」

た。

「まかせてよ。『ライトニングスピア』」

ミクがすぐさま雷の槍をドラゴンに向けて放ち、先程の鉄球のように滑る事なく命中した。

「ガハァアアア～！」

ドラゴンがミクの攻撃による痛みで、その場に止まった。

「ベルリア！　倒すぞ！」

俺とベルリアはあいりさんと一緒にドラゴンへと駆けて行く。

接近して攻撃しようとして気がついた。

こいつは風竜だ。

ベルリアが風を纏う魔刀で斬ろうとしたが、表面を覆う見えない防御壁に防がれてしまった。

防がれた瞬間に見えたが、このドラゴンの体表を風が覆っている。

この風の壁に同属性である風の魔刀の一撃は防がれてしまったようだ。

ベルリアがもう一方の炎の魔刀で斬りかかるが、やはり弾かれてしまう。

どうやらこのドラゴンは風と炎には、かなりの耐性を持っているようだ。

あいりさんが続けて『斬鉄撃』を繰り出す。

薙刀の一撃は風の壁を抜け風竜にダメージを与えることに成功した。

あと少しで倒せる。

ベルリアがジャンプして回転しながら『ダブルアクセルブースト』を発動して、力尽くで風の障壁を突破。風竜にとどめをさした。

「ベルリアよくやった。ベルリアとは相性がよくなかったな」

「この程度の敵、相性など問題になりません」

「まあ、倒せたからよかったよ」

思った以上にこの風竜に手こずってしまった。

風と炎と物理に耐性があったようなのでかなり攻撃を限定されてしまった。

それを考えると雷系と『ドラグナー』はドラゴンに対する有効度が高いな。

「海斗、まさか『アイアンボール』が逸らされるとは思わなかったよ。雷竜に続きドラゴンとの戦いは注意が必要だな」

「そうですね。それにこれまで出現しているドラゴンは、比較的小型な気がします。おそらくレッサーと呼ばれる下位種ですよね。この先上位種も出ないとは言い切れないので気を抜かずに行きましょう」

ここまでで、炎、地、水、雷、風の属性竜が出現しているので、考えられるほぼ全ての属性が出て来たことになる。

　まだダンジョンの序盤（じょばん）だしこれで全ての種類のドラゴンが出て来たとは思えない。

「ご主人様お腹（なか）が空きました」

「ああ、わかってるよ」

「マイロード私にもお願いしてよろしいでしょうか」

「まあ、頑張ったからな」

「おい、わたしにもくれよ」

「ルシェ、さすがに今回は無理だぞ」

「わたしもお腹が空いたんだよ！」

「今回、ルシェは何かしたのか？」

「しっかり見てたぞ！」

「見てるだけじゃな〜。次回頑張れ」

「う〜っ、ケチ」

　何か俺が悪いような雰囲気（ふんいき）だけど、今回ルシェの出番は無く全くＭＰもＨＰも消費していないのだから、食べたいだけのルシェには今回はおあずけだ。

　次にスキルの一回でも発動したら魔核を渡（わた）そうと思う。

それにしても、他の二人と一緒になってもらおうとするとは強欲というかちゃっかりしている。さすがはルシェだ。

そこから数度の戦いを経て先日マッピングしたポイントを越えて更に探索を続ける。

「ご主人様、敵モンスター四体です」

「おい、海斗！　今度はわたしもやるからな。ちゃんと魔核をくれよ」

「わかってるって。それじゃあ今回はスナッチに露払いしてもらうから頼んだぞ」

スナッチも前衛の俺達と並んで敵を目指して進む。

「あれって、一応水竜と地竜の一種か？」

「そうみたいだな」

眼前に見えているのはドラゴン四体だが今までに出てきた属性竜のどの姿とも異なっている。

二体は表面に氷を纏っており、もう二体は外皮が明らかに金属でできている。

水竜と地竜の亜種か？

いずれにしても、水竜、地竜よりも目に見えて防御力が高そうだ。

とりあえずメタリックのドラゴンとルシェの相性が悪いことはわかる。

ドラゴン四体がこちらに気がついたので、スナッチが前方へと駆け出し『ヘッジホッグ』

を発動するが、鉄の針はドラゴンの外皮を貫通することはなくダメージを与えることはできなかったようだ。

どうやら見た目通りに硬いらしい。

「さっさとくたばれ。くたばってわたしの魔核の足しになれ！　『破滅の獄炎』」

ストレスを溜めていたルシェが先制攻撃を仕掛ける。

ルシェが獄炎を放った相手は、なぜかメタリックのドラゴンの方だった。

ルシェ、その竜はどう考えても相性が悪いだろ。地竜の耐性を更に高めたような奴だぞ。燃やせるのか？

「ガァアアアア～」

金属の外皮を持つ竜がルシェの獄炎をくらい悶えている。

間違いなくドラゴンはダメージを蓄積させている。あの悶え様なら、おそらくこのまま放置しておけば倒せる気はする。ただ石のドラゴンであれだけ時間がかかったのだから金属はもっと時間がかかるだろう。

これは、燃え尽きるまで気長に待つしかないな。

「シルもう一体の方を頼んだぞ。ベルリアとあいりさんであの氷の竜を倒しましょう」

氷を纏った竜は、俺の魔氷剣とは相性が悪そうなので、バルザードと『ドラグナー』で戦う。

俺はいつものようにあいりさんの後ろについて駆ける。

『アイアンボール』

あいりさんが鉄球を放つ。

放たれた鉄球は風竜のように受け流される事はなく見事に氷を纏う竜のど真ん中に命中する。

鉄球が命中して氷の外装にひびが入るが、残念ながら本体に大きなダメージを与えるまでには至っていないようだ。

俺が死角から飛び出して鉄球が命中した箇所を狙おうとするが、氷竜がこちらに向けてスキルを発動してきた。

「おぁあああ～！」

氷竜のスキルは俺とあいりさんの周囲を凍らせる効果を持っていた。

俺自身はマントの効果と装備に守られて、凍りつくような事はなかったが、問題は走っている足下の地面が凍ってしまった事だ。

以前にも似たようなことがあった気もするけど、走っている最中に突然足下の地面が凍ってしまうと止まれないだけではなく、デザートブーツの底も当然のようにグリップ力を失い盛大に転び勢いよく氷竜に向かって滑っていく。

同じ状況のはずのあいりさんは、なぜか転ばずに体勢を保っている。

俺はあいりさんの横を滑りながら追い越して行くこととなったが、すれ違いざまにあいりさんと視線が合い、あいりさんのなんとも言えない表情が印象に残った。

もう俺には時間的な余裕はない。

このままいけば氷竜のところまで滑っていってしまう。

焦りは最高潮に達するが、慣性の法則から逃れる術はなく滑っているこの状況でできる事はあまりにも少ない。

数十秒間も滑っていたように錯覚するが実際には一秒程度だったかもしれない。

突然地面の氷が途切れて、完全に止まってしまった。

氷竜のスキルの効果範囲の外にまで到達してしまったらしいが、目の前には氷竜が控えていた。

目と鼻の先とは、この事だけどとにかくまずい。

滑った影響ですぐに立ち上がることが出来なかった。

とにかく逃げなければという一心で転がりながらその場からの離脱を試みるが、俺に向かって攻撃を加えようとしている氷竜の姿が、回転する俺の目に映った。

『ライトニングスピア』

ミクの声と同時に雷の槍が氷竜を射貫き俺への攻撃を食い止めてくれる。

『斬鉄撃』

あいりさんが間合いを詰めて氷竜へと攻撃をかける。

ミクの雷の槍をくらった氷竜は完全にノーガードとなっており、あいりさんが放った一撃は見事に氷竜の首元へと食い込んだ。

あいりさんは、そのまま食い込んだ刃に力を込めて氷竜の首を落とした。

助かった。

完全にやられてしまうタイミングだった。

ミクの助けがなければ、あのまま攻撃をくらっていた可能性が高い。

あの瞬間の俺は氷竜を相手にするには、あまりにも無防備な状態だった。

武器を構える事も防御態勢をとる時間もなかった。

今回の水竜に対して俺は滑る事しかできなかったけど、心強い仲間がいて俺は幸せ者だ。

俺のミスをメンバー二人が完全にカバーしてくれた。

たとえレベルが高くなったとしても今のように文字通り足をすくわれる事がある。突然走っている足下が氷で覆われたら、レベル22のステータスは完全に無効化され今回のような事態を招く。

やはり初見のモンスターには特に注意して臨む必要がある。

氷竜を一体倒す事には成功したが、サーバント三人はまだ戦っている。

ベルリアは、俺達とほぼ同じタイミングでもう一体の氷竜との交戦に入っていた。

氷竜がベルリアとの戦いの最中、俺に向けて放ったのと同じスキルを発動した。

スキルにより地表が凍ってしまったが、なぜかベルリアは俺のように派手に転ぶことはなく、空中へと華麗にジャンプしながら避けている。

ほぼ俺と同じシチュエーションなのに何が違うんだろうか。

あいりさんも転ばなかったし何か理由があるなら知りたい。

空中へと舞ったベルリアが氷竜へと攻撃をかける。

「『ヘルブレイド』！」

黒い炎の斬撃が氷竜に襲いかかり、大きなダメージを与える事に成功した。

『ヘルブレイド』は黒くても炎には違いないので氷竜とは相性がいいようだ。

「これで終わりです。あなたは戦う相手を間違えたようですね」

やたらと上からの発言を残してベルリアが魔刀を振るいとどめをさした。

「その外皮は飾りではなかったようですね。仕方がありません。我が敵を穿て神槍ラジュネイト」

どうやらシルは最初に『神の雷撃』を放ったみたいだけど、金属製の外皮を持つ竜には相性が良くなかったようだ。

竜の背中部分を真っ黒に焦げさせてはいるが、一撃ではしとめきれなかったらしい。

今度は確実にしとめる為にシルは神槍の一撃を放ち、当然の如く今度はあっさりと消滅させてしまった。

ただ、シルの雷撃を一撃だけでも耐え切ったのは敵ながら称賛に値すると思う。

「ご主人様、思ったよりも手間取ってしまいました」

「ああ、全然大丈夫だぞ。まだまだ時間がかかりそうなのがいるし」

戦闘はほぼ終わっているが、もう一体の金属竜は相変わらず獄炎に焼かれている。

なまじ耐性が高いだけに、俺達の戦闘が終了してもずっと燃えている。

「ルシェ、だから言っただろ。絶対時間がかかるって」

「うるさい、うるさい！　たまたま時間がかかっているだけだ。たまたまだ！」

「いや、普通に考えて金属が燃え切るのには時間がかかるだろ。どう考えても氷竜の方が相性は良かったと思うけど」

「くっ……減らず口ばっかり」

どう考えても俺のは減らず口じゃなくて正論だと思うけど、これ以上突っ込むとルシェが拗ねるのがわかっているのでスルーしておく。

それにしてもなかなか燃えきらないな。

「ベルリアだったらどうやって倒す？」

「マイロード、もちろん二刀での『アクセルブースト』で首を落としてやります」

「まあ、武器もパワーアップしたしいけるかもしれないな」

氷竜は、俺のピンチはあったもののそれなりに上手く倒す事が出来たと思うけど、金属竜は結構苦戦しそうだな。

バルザードに切断のイメージをのせればいけるか？

冬彦さん達が使っていた爆弾とかも有効かもしれないな。

「シル、ルシェのは、なかなか終わらないな」

「ご主人様、相性というものがありますから、大目に見てあげてください」

「マイロード、姫様にも意地というものがあるのです。是が非でも獄炎で焼き切るという気概を褒め称えるべきかと」

「そういうものかな」

「そういうものです」

おそらく時間にして五分は燃えていたのではないだろうか？

ついに金属竜は獄炎によって消し炭にされてしまった。

「どうだ、見たか！」

「ああ、しっかり見させてもらったよ」

「ふん、金属だろうがなんだろうがわたしの獄炎の敵じゃないな」

「まあ、たしかに敵ではなかったな」

「次もわたしが燃やし尽くしてやるよ」

次に金属竜が現れたら、ルシェ以外に担当してもらう事にしようと思う。

先を急いでいるというのにルシェのせいで思いの外時間をくってしまった。

時間がもったいないのでさっさと魔核を回収して先に進む事にする。

「おい、お腹がすいた」

「ご主人様私もお腹が空きました」

「わかってるよ」

俺はシルのために魔核三個ずつを二人に渡し、ベルリアにもおまけで一個渡しておいた。

さすがに一回の戦闘で魔核九個はキツいのでベルリアには、少しだけ我慢してもらう事にする。

「そういえばベルリア、さっき氷竜がスキルを使った時どうして転ばなかったんだ？」

「マイロード、それは修練の賜物です」

修練の賜物と言われても全く意味がわからない。

「あいりさんも転びませんでしたよね」

「ああ、危なかったが、日頃体幹を鍛えているのが役に立ったな」

「体幹ですか」

「そうだ。武術において体幹を鍛える事は必須だからな」

「それをやれば俺も転ばなくなりますか？」

「転び難くはなると思う」

そうか、俺と二人の違いは体幹を鍛えているかどうかか。

たしかにアスリートがよく体幹トレーニングとかって口にしているのを聞いた事がある。

今後の為にも体幹トレーニングというのをやってみようかな。

さっきのような場面で派手に転ぶのと耐え切るのでは命にかかわってくるので真剣に検討しようと思う。

この後もマッピングを進め数度の戦闘を経て、探索を終える事にした。

「今日は結構順調でしたね」

「ああ、この調子で明日も頑張ろう」

明日の行動予定を確認してから俺はみんなと別れて家に帰った。

今日も問題なく順調に進むことができた。ただヒカリンがいないせいで、どうしても後方からのサポートが若干弱くなっているのは感じる。

おそらくヒカリンの『アースウェイブ』はドラゴンに対してもかなり有効だっただろう。

俺も隠密というよりも正面から戦う機会が増えてしまっている。これは確実にヒカリン不在の影響が出ている。

今後ヒカリンの代わりにはなり得ないが、この階層では、ほとんど活躍していないスナッチに今まで以上に活躍してもらう必要がある。

「あ！」

地上に出ると、春香から俺のスマホに明日の予定を確認する連絡が入っている。

やばっ。

そういえばまだお店を予約してない。

ダンジョンで盛大に滑ったせいか完全に頭から抜けていた。

俺は慌てて、お店の予約サイトで検索を始める。

「なにがいいかな」

せっかくの誕生日なので、春香が喜んでくれそうなお店がいいけど。

俺は発想力が乏しいようで女の子はパスタが好き、という事は女の子はイタリアンレストランが好きぐらいしか思いつかない。

いろいろ思い浮かべてみたけど、パスタ以上のものは出てこない。

「やっぱりイタリアンだな」

検索をかけると数件のイタリアンレストランがヒットした。

スマホで見る限りどのお店もおしゃれで美味しそうだ。

順番に見てみるとだいたい二人で五千円から七千円ぐらいのプランが多いようだ。

「これがいいかな～」

目にとまったお店の予約画面に進むと、明日の予約欄にすべて×がついていて予約できない。

「うそだろ……」

ミク達が予約しないと危ないとは言っていたけど、本当だった。

焦った俺は順番に他のお店の予約画面も確認していく。

「やばい……」

日曜日の夜ってそんなにみんな外食しているのか？

どのお店もいっぱいだ。

俺から誘（さそ）っておいてお店の予約が取れないって、それはまずい。

信じられない事に、予約サイトにのっているどのお店もいっぱいで予約を取ることはできなかった。

悩（なや）んでいても仕方がない。

俺は再度お店の画面を開き、とにかく順番に電話していく事にする。

やるしかない。

「もしもし、明日の夜なんですけど二名いけますか？」

「申し訳ございません。生憎（あいにく）その時間はご予約でいっぱいとなっております」

「そうですか。わかりました」

一軒（けん）目は電話で確認してもやっぱりいっぱいだった。

俺はその後も順番に電話をかけていく。

四軒目まですべて断られて、五軒目のお店に電話した時だった。

「はい明日の夜です」

「ちょうど明日の夜に一組キャンセルが出まして、今でしたらご予約いただけますよ」

「本当ですか！　それじゃあ予約お願いします」

たまたまキャンセルが出て席が空いてると言われたので即予約して、コース料理を頼んでおいた。

それにしても、予約なしで行こうと思っていた自分が恐ろしい。

予約せずに明日を迎えていたら大惨事になるところだった。

予約を勧めてくれた、ミクとあいりさんには感謝だな。

それにしても今回の予約で日曜日のイタリアンは人気だと思い知らされることになった。

イタリアン恐るべし。

予約が取れてほっとしたからか、春香に待ち合わせ時間の連絡だけ入れると睡魔が襲ってきて夜は熟睡できた。

§

「ミク、あいりさん助かりました。なんとか予約取れましたよ」

「よかったわね」

「どこに行くことにしたんだ?」

「アモーレっていうイタリアンのお店です。他は全部いっぱいでした」

「アモーレか。まあいいんじゃないか」

「海斗やるわね」

日曜日にもかかわらずイタリアンを予約出来たからか二人は妙に感心してくれている。

どうやら俺の選択は間違っていなかったようだ。

トラップに気をつけながら昨日のポイントまで進んでいくが、出現するモンスターは既に戦った事のあるモンスターばかりなので上手く対応しながら進めている。

この階層は十六階層の様な特殊フィールドは無く、所謂普通のダンジョンだ。もちろんドラゴンが複数体出現するので、通路も含めてかなりの広さはある。

トラップについてもあからさまにわかるものは少なく、ベルリア頼みと各自が余計な所に触れないようにして進んでいるが、ルシェも反省して今は真ん中に近い部分を歩いている。

「そういえば、誕生日プレゼントはなにを買ったのよ?」

「ああ、ジュエリーショップで時計を買ったんだ」

「時計ね。結構やるわね」

「そうだな。海斗にしては積極的だな。アモーレに時計か」

「そうですか?」

　アモーレと時計が積極的という意味はよくわからないけど、時計のチョイスも二人には好評のようだったので、あの店員さんには感謝だな。


「やっぱり春香だったな」

「そうですね。うらやましいです」

「わたし達にはケチケチするくせにプレゼントまで買ったって言ってるぞ」

「そうですね。私もご主人様からのプレゼントをいただきたいです」

「この前の赤い魔核がいいな」

「そうですね。赤い魔核をプレゼントしてもらえると幸せです」

　シルとルシェはいつものように二人でこそこそ密談しているが、あまりいい予感はしない。

「ご主人様、敵モンスターが四体あちら側にいます」

「じゃあいつもの通りでいくぞ」

　シルの指示に従いモンスターのいる場所へと向かうと現れたのは氷竜と金属竜だった。

「ルシェ、わかってるな」

「うるさいな！　言われなくてもわかってるよ」

「シルとベルリアが金属竜を。俺とあいりさんとルシェで氷竜をやりますよ」

それぞれが、ドラゴンへと向かって走り出す。

先頭をベルリアが走り、俺とあいりさんが続く。

俺が注意するのは氷竜のスキルだ。

急に体幹が強くなる事などあり得ないので、今回は近づいたらスピードを落としゆっくりと移動する。

氷竜を目の前にして予定通りスピードを緩めるが、前回同様に氷竜もスキルを発動して足下の地面が凍り付いてしまった。

俺は慎重にその場から移動を試みるが、一歩動いた瞬間靴底がツルツル滑る。

「あっつ！」

スピードを緩めていたおかげで前回のように勢いよく滑っていくということはなかった。

ただ気を抜くとすぐにでも転倒してしまいそうになるが、ドラゴンが俺の都合に合わせてくれるはずもなく、その場に留まった俺に向かって攻撃を仕掛けてきた。

ドラゴンが噛みつこうと襲ってくる。

俺は咄嗟にバルザードを振るい、ドラゴンの攻撃を食い止めるが、ドラゴンとの接触の瞬間、踏ん張りがきかずに滑って、後方へと吹き飛ばされてしまった。

「くっ」

四～五メートルほど後方へと吹き飛ばされ地面に全身を打ちつけてしまい、痛みのせいですぐに起き上がれない。

「たかだか凍った蜥蜴の分際で海斗に！　調子にのるなよ。さっさと溶けてなくなれ！
『破滅の獄炎』」

俺が吹き飛ばされたのを見て、ルシェが俺を庇うように、攻撃してきたドラゴンに対して獄炎を放つ。

ルシェの獄炎が氷竜を襲う。

やはり氷竜に獄炎は相性が抜群にいいようで、見ている側から身体の表面を覆っていた氷はどんどん溶けてなくなり、剥き出しとなった外皮は獄炎によりあっという間に燃やし尽くされてしまった。

「ルシェ助かったよ」

「それよりさっさともう一体を倒せって」

「ああ、そうだな」

背中はまだ痛いが動けないほどではない。

起き上がって残りの氷竜を確認すると、すでにあいりさんが先に交戦している。

『斬鉄撃』

あいりさんの一撃が氷竜の外装を砕きダメージを与えるが、氷竜が痛みに悶えながら口を大きく開いた。

この感じは、まさかブレスか？

「あいりさん！」

さすがに至近距離からブレスをくらえばただでは済まない。

『アイアンボール』

あいりさんは、慌てる事なく冷静に氷竜の開いた口に向かって鉄球を叩き込んだ。

口の中への鉄球攻撃は、ほぼ決定打に近いダメージを与える事に成功したようで完全に氷竜の動きが止まった。

とどめをさすべく俺も氷竜の側面まで走って行きバルザードの刃に切断のイメージをのせながら突き刺し、そのままバルザードを振り切る。

バルザードによる一撃はドラゴンの首の根本部分を大きく抉り氷竜を消滅へと追いやった。

今度はあいりさんのおかげで、ダメージを重ねることなく倒す事ができた。

「それでは、そろそろ終わりにしましょう。あなた達がご主人様に危害を加える事はあってはならないことです。我が主人の敵を滅ぼせ神槍ラジュネイト」

たぶんあの感じ、シルは怒ってるな。俺が氷竜に飛ばされたのを見ていたんだろう。

いつもよりも力が入ってる気がする。場違いだけど、俺のために怒ってくれているのが伝わってきて、内心少し嬉しかった。

シルの渾身の一撃はあっさりと金属竜の装甲を突破して大穴をあけ消滅へと誘った。

残る敵は一体。

「さすがに硬いですね『アクセルブースト』」

ベルリアは金属竜の外装の硬さに苦戦しているようだ。

ドラゴンの攻撃をほぼ完璧に避け切ってから、魔刀で斬り付けているが『アクセルブースト』以外の攻撃は、外装に傷はつけているものの深手を負わす事はできていない。

逆に『アクセルブースト』を使って斬った所は肉に達する傷を与える事ができているようで、傷口からは青い血が流れており、金属竜の動きが幾分鈍ってきているように感じる。

「そろそろグロッキーですか？　『アクセルブースト』」

ベルリアが必殺の一撃を放つ。

ベルリアの一撃は寸分違わず、すでに傷のある箇所へと吸い込まれていく。

「グァアアア〜！」

「これでもまだ決まりませんか。驚異的な硬さですね。他の皆様をこれ以上お待たせするわけにはいきません。これで決めます『アクセルブースト』」

三度放たれた『アクセルブースト』による一撃が、先ほどと寸分違わぬ同じ箇所へと叩き込まれ、今度は肉と骨を断ち金属竜を倒す事に成功した。

「ベルリア流石だな。ルシェの時よりも早かったんじゃないか？」

「マイロードそんな事はありません。攻撃の質の差ですよ。思った以上に硬かったので多少苦労しましたが、涓滴岩を穿つです。いくら硬い装甲でも、同じ箇所へと攻撃を集中させれば貫く事も可能です。これもマイロードからいただいたこの二刀のおかげです」

なんとなく、今日のベルリアは格好よく見えるな。

本来ベルリアは格好よく見えるだけの技量と強さを持ち合わせているはずだが、どこか抜けているのとパーティ内での立ち位置から、格好よく見える機会は思いの外少ない。

「海斗、さっきの戦闘で結構派手に飛ばされてたけど大丈夫なの？」

「ああ、一応大丈夫だよ。まだちょっと背中が痛いけど」

「今回はフォローできたが、数が多い時は、さっきみたいなのが致命傷につながりかねないから、注意した方がいいぞ」

「そうですね。今度からは危なくなったら出し惜しみせずに即『ドラグナー』を撃つ事にします」

「それがいいだろう」

あのまま、あいりさんのフォローがなければ、起き上がる前に氷竜にやられていた可能性も十分にあった。

極力節約の為に『ドラグナー』を使わずに戦闘をすすめようとしていたけど、十七階層はそう甘いものではない。

一瞬の判断を誤ると命にかかわる上に俺の脱落は他のメンバーの命にも直結している。

今回は俺の判断が遅れたせいで、みんなにも迷惑をかけるところだった。

次回からは同じ轍を踏まないように気をつけたい。

俺は先に進む為に、ドラゴンを倒した場所で魔核を探すが、落ちている魔核はいくら探しても三個だけだ。四体倒したので魔核は四個あるはずだが残りの一個はどこにも見当たらない。代わりにハンカチ程度の薄い革のようなものが残されているだけだ。

「ミク、あれってもしかしてドロップアイテムかな」

「魔核が一個足りないからたぶんそうじゃない」

「あれって何？」

「う～ん、ドラゴンの革？」

「ハンカチぐらいの大きさしかないけど」

「一応拾ってみたら？」

そう言われて、ドロップアイテムと思われる革と思しき物のところまで歩いて行き拾ってみる。

「思ったよりも重量があるな」

拾い上げた革らしきものは、ほぼ四角に近い形をしており、よく見ると表面に爬虫類の鱗のようなものがみられるのでドラゴンの革に間違いなさそうだが、大きさはハンカチ程度しかない。

「これ、ドラゴンの革素材だと思うんだけど買い取ってもらえるのかな」

「まあ一応ドロップアイテムだし買い取ってもらえるんじゃない」

「ああ、そんなのでもドラゴンの素材には違いない」

「これって何か使い道あると思いますか？」

「ハード目なハンカチか財布ぐらいにはなるんじゃないか？」

「ああ、財布は良さそうですね。ヘビとかワニとかの財布がありますよね。ドラゴンの財布ってカッコいいし縁起がいい気がしますね」

「それなら海斗が使えばいいんじゃない？　売ってもあんまりお金になりそうにもないし。

海斗ってどんな財布使ってたっけ」

「うん俺が今使ってるのは普通の二つ折りの財布だけど」

ドラゴン革の財布か。なんとなく響きはカッコいいけど、俺のキャラクターではないような気もする。

どっちかというと武器屋のおっさんとかに似合いそうだ。

アメリカンバイクに乗ったワイルドな感じの人が、ドラゴン革の財布を取り出すといい感じかもしれないけど、やっぱり俺ではない気がする。

ボス戦以外では久々のドロップアイテムなのにあまり価値を見出せなくて正直ガッカリだ。

一応マジック腹巻きにしまい込んで俺達は気を取り直して奥へと進んで行く。

「まあ、滅多に出ないドロップが出たんだから、今日の運はいいんじゃないかな」

「まあ、そうかもね」

「そうだな、前向きなのはいい事だぞ」

まあ当然だけど、この革はみんなハズレだと思っているのだろう。

普通革素材といえば一体分とかせめて半身分ぐらいは期待する。

あのサイズのドラゴンからのドロップにしては、あまりに小さすぎる。

まだ時間は十分にあるので今日の俺達の運勢なら更なるドロップアイテムを手に入れる事もできるかもしれない。

俺は無理やりテンションを上げて探索を続ける。

俺は自らを鼓舞してテンションを上げ、探索を続けているけど、まだ竜の革以外には何もドロップしていない。

「やっぱり、そう簡単にドロップしないな〜」

「海斗と一緒だと特にね」

「ああ、本当に稀だな」

俺のせいなのか、サーバントである悪魔二人のせいなのかはわからないけど、身に覚えがあるのでミク達の言い分に言い返す事はできない。

「ご主人様、モンスター五体です。数が多いのでご注意ください」

五体か。この階層では今までで最大数だな。

「一人一体を相手にしようか。ミクはスナッチと一緒に俺とあいりさんのフォローを頼んだ」

前衛四人が前に立ちルシェとミクが後ろについてくる形で慎重に進んで行く。

「五体ともか」

進んだ先にいたのは、想定外だったが五体全てが金属竜だった。

この時点でスナッチは、牽制役としてほぼ無力となり、ミクのフォローも他の竜ほど期待できなくなってしまった。

シルはそれほど苦にしないだろうが、他の四人は相当に相性が悪い。

「ちょっと硬くなったぐらいがなんだ！　調子に乗るなよ蜥蜴風情が！　どうせ時間をかけて燃えるだけだ！　結果は一緒なんだからさっさと燃えてしまえ『破滅の獄炎』」

ルシェが速攻でスキルを発動して金属竜を炎で覆い尽くす。

これで一体の足は完全に止まったので、俺達が頑張るしかない。

おそらく倒すのはルシェのドラゴンが最後になるな。

俺が金属竜に取れる作戦は二つ。

一つはバルザードに切断のイメージをのせて首を斬り落とす。

もう一つはある程度近づいた位置から『ドラグナー』で頭を狙い撃つ。

おそらく、どちらの方法でもあの外装を破る事はできるはずだ。

俺は金属竜の一体に向かって駆けて行き、少し手前で足を止める。

ここは出し惜しんでる場合じゃない。俺が選択したのは『ドラグナー』での一撃。

「これで決まってくれ！」

狙いを金属竜の頭部に定めて『ドラグナー』の引き金を引く。

『ドラグナー』が蒼い光を発し、蒼い光の糸を引いてドラゴンに向かって弾が放たれる。

弾丸は見事にドラゴンの頭部に命中しそのまま勢いを弱める事なくドラゴンの頭に風穴を開ける事に成功した。

「やった」

おそらく、金属竜相手でも効果を発揮するだろうとは思っていたけど一抹の不安はあったのでうまく倒せて良かった。

今回バルザードではなく『ドラグナー』を選択したのは、少しでも早く倒す為にリスクを減らしたかったからだ。

早く倒す事で俺がみんなのフォローに入れる状況を作りたかった。

近接でバルザードを使えば、反撃を受ける可能性も増える。

イレギュラーな事もあり得るので『ドラグナー』を選択したが、今回その選択は正しかったようで上手くいった。

俺はすぐにあいりさんのフォローへと走る。

「ガァアアア～！」

金属竜の咆哮と共にベルリアが相手にしているドラゴンが口から金属のニードルをベル

リアに向けて放った。

「あぶないッ！」

スナッチの『ヘッジホッグ』をスケールアップしたような攻撃だ。

ベルリアは金属製のニードルが放たれた瞬間地面を蹴り、宙へ舞いくるっと回転して何事もなかったかのように着地した。

ベルリアだから躱すことができたけど、あの攻撃はやばい。

あれをくらったらナイトブリンガーはともかくそれ以外の場所は完全に蜂の巣になってしまう。

あの距離で放たれたら、俺は……。

考えただけでも恐ろしい。

『斬鉄撃』

あいりさんが必殺の一撃を放つが、ドラゴンは後方へと下がりあいりさんの攻撃を躱す。

あいりさんも更に踏み込んで追撃し、今度は見事に金属竜の胴体部分に傷を負わせた。

「そろそろ終わりにしますね。我が敵を穿て神槍ラジュネイト」

シルの一撃がドラゴンを消滅へと追いやる。

俺はあいりさんの背後から飛び出して金属竜へと斬りかかる。

バルザードの刃がドラゴンの肩口を抉るが、あいりさんの時と同様に後方へと避けられて致命傷には至らなかった。

「ガァアアア～！」

「やばい！　あいりさん！」

ドラゴンが咆哮と共に口を開いた。

このままでは、金属のニードルが襲ってくる。俺が蜂の巣になってしまう。

一瞬後方のあいりさんに目を向けるが、すでに退避行動を始めているのが見えた。

俺の方が前に出ているので俺には時間がない。

頭をフル回転させて避けるルートを考えるが、この至近距離から放射線状に放たれるニードルを超人的に避ける身体能力は俺にはない。

もはや一瞬たりとも無駄にはできない。

既に金属竜の口からニードルが放たれようとしている。

刹那の瞬間に俺の思考が加速する。俺は、やった事もないサッカーのスライディングの要領でドラゴンの頭の下に潜り込むべく勢いよく踏み込んで滑り込んだが、実際には俺が思い描いたようにはいかなかった。

ダンジョンの床はピッチの芝や土や砂の運動場のようには滑ってくれず、思いの外、滑った瞬間の抵抗が大きかった。

しかも俺は特殊効果で軽いとはいえ上半身にナイトブリンガーを身につけているので、上半身にウエイトが偏っていた。

結果、俺が滑った距離は僅かで、下半身の支えを失った上半身がそのまま万有引力に従い、ただ勢いよく地面に落下する事となってしまった。

「！　イダっ……」

結果激しく背中と後頭部をダンジョンの床に打ち付ける事になってしまったが、倒れた直後に俺の目の前を大量のニードルが通過していくのが見えた。

灯台下暗しで、さすがにドラゴンのニードルは至近距離の床までは攻撃範囲としていなかったようだ。

俺の思い描いた事からすると完全に失敗だけど、運良く俺は最良の結果を生む事に成功したようだ。

そして完璧にではないもののドラゴンの首元に潜り込んだ形となり、眼前にはドラゴンの無防備な喉元が晒されている。

俺は後頭部が痛むのを我慢してすぐに起き上がり、ドラゴンの喉元にバルザードを突き入れた。

ドラゴンの喉元や腹の部分は、表から見えている部分と違い金属の装甲に覆われていなかったので、あっさりとバルザードを突き通す事ができた。

俺はそのままバルザードを振り、ドラゴンの喉を掻っ切る事に成功した。

ドラゴンを消滅させてからあいりさんの様子を確認すると、無事にニードルを避け切ったらしく無傷のようだったのでホッとした。

「お見事です」

ベルリアが俺の動きを見ていたようで、声をかけてきた。

「私ひとりが後れを取るわけにはいきません。そろそろ決めさせてもらいます『ダブルアクセルブースト』」

ベルリアは炎の魔刀で『アクセルブースト』を使い斬りつけた直後に、今度は時間差で寸分違わず同じ場所に風の魔刀の一撃を浴びせかけ、金属竜の外装を突破しドラゴンを倒す事に成功した。

あの『アクセルブースト』の使い方は初めて見たけど、さすがはベルリアだ。

これで残るは一体のみだけど。

「ルシェ、こっちはみんな終わったぞ」

「うるさい！　そんなのは見ればわかるんだよ。早ければいいってもんじゃないんだ！

質だよ質。クオリティが大事なんだよ！」

ルシェいったい何を言っているんだ。早ければいいってもんじゃないっていうのは理解できるけどクオリティってなんだ。

苦し紛れすぎるだろう。

「それじゃあ、ルシェの方はクオリティが高いのか？」

「ああ、もちろんだ。時間をかけてじっくりだからな。質が違うんだ」

「質ね〜」

「なんだよ、その目は。本当だからな、じっくり時間をかけて焼くといいんだからな！」

「ああ、わかったよ」

焼き芋じゃないんだからとは思ったが、これ以上はやめておこうと思う。

俺には幼女をいじめる趣味はないのだから。

う〜ん、もう少しだとは思うんだけどな。

「ベルリア、そろそろかな」

「はい、そろそろだと思います」

俺達は全員で獄炎に包まれた金属竜を眺めている。

なかなか燃え尽きないが、さすがにそろそろだろう。

「それじゃあ、先に他のドラゴンの魔核を集めておいてくれ。あれが燃え尽きたらすぐ先に進むから」

「わかりました」

やはり、この金属竜とルシェの獄炎の相性はすこぶる悪い。

他の魔法を使ってみればとは思うけど意固地になってる気がする。

時間だけが過ぎていく。

キャンプファイアーの炎ならじっと眺めていれば心も安らぐのだろうが、獄炎で焼かれるドラゴンを眺めてみても全く心が安らぐような事はなく、むしろ荒んでしまいそうだ。

「どうだ！　終わったぞ！　極上だろう」

ようやくドラゴンが焼失したのを確認してルシェが先程と同様に意味不明なことを言ってきているが放っておこう。

「よし、それじゃあ、その魔核を回収したら出発しよう」

「おいっ！　無視すんな！　いじめか！　いじめだな！」

「そんなわけないだろ。ほら」

俺はルシェ達にスライムの魔核を渡して先を急ぐ。

「わかってるならいいんだぞ！」

金属竜と戦うことがあれば今度は『侵食の息吹』を試すように言ってみるかな。案外『破滅の獄炎』よりも早くけりがつくかもしれない。

俺達はそれからも何度か戦闘をくりかえして十六時を迎えた。

「海斗、そろそろ今日は切り上げた方がいいんじゃない」

「約束は十八時三十分だから、あと一時間ぐらいは大丈夫だけど」

「海斗、身嗜みは大事よ。もしかしてそのまま行くつもりじゃないでしょうね」

「一応は着替えていくつもりだよ」

「汗もかいてるんだからシャワーぐらい浴びて行きなさいよ。汗臭いって嫌がられるわよ」

「汗臭い？　シャワー浴びた方がいいかな」

「当たり前でしょ」

「それじゃあ、ちょっと早いけど今日は終わりにしようか」

「それがいいと思うわ」

「ああ、私もそれがいいと思うぞ」

結局ミクとあいりさんの助言もあり、少し早いが今日の探索を終了する事にして地上へと戻ることにした。

「それじゃあ、また土曜日に」

「いい報告を待ってるわよ」

「アモーレだな。頑張れ」

「今日はアモーレでご飯を食べるだけなんで特に何もありませんよ」

どうも二人は、勘違いしているような節がある。

今日は二人で誕生会のようなものなので、特に何かが起こるような事はない。

二人と別れてから、家に一旦戻ってからアドバイスに従ってシャワーで汗を流した。これで臭くないはずだ。

それから、春香と以前購入したジャケットを羽織り準備をする。

「海斗、今日春香ちゃんの誕生祝いにご飯食べにいくんでしょ」

「えっ？　俺そんな事言った？」

「この前春香ちゃんのママに聞いたのよ」

「………………」

俺のプライベートな情報が両家の親に駄々漏れだ。

悪い事をしているわけではないのに親に知られるのはかなり恥ずかしい。

「海斗、ちゃんとプレゼントは用意したの？　あんた結構稼いでるんだからこんな時にケチっちゃだめよ。こういう時は目一杯のプレゼントを贈るのよ。春香ちゃんだって女の子なんだから、高いプレゼントをもらって悪い気はしないわよ」

母さん、発想がゲスいよ。

「大丈夫だよ。ちゃんとしたのを選んだから」

「何を贈るのよ」

「え、まあ、あれだよ」

「あれってなんのことよ」

「時計だけど」

「ふ～ん、時計ね。海斗にしてはやるじゃない。時を刻むか～」

母さんもあいりさんと同じようなことを言ってるな。

時計のイメージの定番のセリフなのかな。

「じゃあ行ってきます」

「はいはい、じゃあ頑張ってね」

まだ少し早いけど、俺は家をあとにして待ち合わせの駅前へと向かった。

駅前に着いたものの約束の時間までは、まだ二十分ほどあるので、再度プレゼントと財布の中身を確認して春香が来てくれるのを待つ。

「お待たせ。待たせちゃったかな」

「いや、俺も今来たところだから」

約束の時間の十分前に春香が来てくれた。

今日の春香は水色の長袖ロングワンピースで、春にぴったりのいで立ちだが、ロングワンピースのせいか、いつもに比べると少し大人びて見える。

とにかくかわいい。いや今日はかわいいよりもきれいと言ったほうがぴったりかもしれない。

控え目に言っても、地上に舞い降りた妖精、いやマーメイドみたいだ。

「どうかしたの？」

「い、いや、ワンピースが……」

「もしかしてワンピースが似合ってなかった？」

「違う違う。逆だよ。似合ってる。凄く似合ってます」

「それならよかった。変だったらどうしようかと思ったよ」

「変なんて事は絶対にないから」

危ないところだった。

見惚れてたら反応が遅れてしまった。

「それじゃあ、お店の予約時間もあるから早速いこうか」

「うん、今日はどんなお店を予約したの？」

「イタリア料理のお店なんだけど大丈夫だった？」

「もちろんだよ。私イタリア料理大好きだよ」

「それはよかった」

予約したお店は電車でひと駅なので、早速電車に乗り、スマホでマップを確認して向かうと、降りた駅からは歩いて五分ぐらいで到着した。

「ここみたいだな。春香、予約したのこのお店なんだけど」

「ここなんだ。お店の名前アモーレ」

「そういう名前みたいだけど来たことあった？」

「ううん、来たことないよ。ただお店の名前が……素敵だなと思って」

「イタリア語だよね。時間も時間だし、とりあえず中に入ろう」

そう言って春香に目をやるが、辺りは既に暗くなっているので、お店のオレンジ色の光を受けて春香の顔が少し赤い感じがするけど、この春香もいい。

さっそく俺は春香を連れお店の中に入ってみる。

「すいません。六時三十分から予約の高木です」

「いらっしゃいませ。高木様。お待ちしておりました。それではご案内いたします」

お店は思ったよりも席数が少なめだったけど、正にイタリア料理店という内装でおしゃれだ。

席につくと、早速飲み物のオーダーを聞かれたので、俺は無難にコーラを頼み春香はブラッディオレンジジュースを注文した。

「海斗、おしゃれなお店だね」

「うん、スマホで予約したんだけどよかったよ。料理はもう予約の時に決めてるからコースというかセットみたいなんだけどよかったかな」

「うん、もちろんだよ。今日は誘ってくれてありがとうね」

「あ、ああ、うん。春香お誕生日おめでとう」

「ありがとう。誕生日を海斗とお祝いするのって小学三年生の時以来かな」

「あの時はクラスのみんなとだったけどね」

春香もクラスの誕生会の事は覚えているらしい。あれからもう少しで十年か。本当にいろいろあったけど春香と二人で誕生日に一緒に夕食を食べているなんて夢のようだ。

これが恋人としてだったら俺は今日死んでも悔いはなかっただろう。ただ、今でも十分に幸せだ。

俺が一人幸せを噛み締めていると早速料理が運ばれてきた。

まずは生ハムのサラダ。

生ハムの塩気が絶妙で美味しい。

「生ハムが美味しいね」

「ああ、俺もそう思った。生ハムって美味しいんだな。多分豚だけど、生でも食べられるんだ」

「確か塩漬けにして長い時間をかけて熟成して殺菌してるんだったと思う」

「へぇ～春香はよくそんな事知ってるな～」

「以前テレビのクイズ番組か何かで見た気がするの」

「そうなんだ。知らなかったから勉強になったよ」

春香とたわいもない会話をしながら食べる生ハムのサラダは絶品だ。まるで十年以上熟成したかのような深みのある芳醇な味わいを感じる。

比喩表現でもなく俺一人で食べるより百倍美味しい。

今のこの美味しさに、人間の味覚は舌ではなく心と気持ちでできているのだと本気で思ってしまう。

次に出てきたのはパスタとピザ。

パスタは春キャベツと自家製ベーコンのクリームパスタ。

ピザはマルゲリータピザだ。パスタもピザもそれぞれ一皿を二人で取り分けて食べるようになっている。

「それじゃあ、お皿かしてね」

そう言って春香がピザとパスタを取り分けてくれる。

ああ……なんかこういうのいいな～。まるで恋人のようだ。春香と結婚したら毎日こんな感じで取り分けてくれたりするんだろうな。

妄想に過ぎないけど憧れる。

「このパスタ美味しいね」

「ああ、そうだね。特にベーコンがおいしいな」

もちろんベーコンも本当においしい。ただ明らかに旨味成分が増している。

ご飯を春香と食べるだけで劇的に旨味成分であるアミノ酸が増している。

仮にベーコンがウィンナーだったとしても同様に旨味成分が激増しておいしかったに違いない。

「このピザも生地がモチモチだよ」

「うん、たしかに。やっぱり冷凍ピザとは違うな～」

「冷凍ピザもおいしいけど、やっぱりお店のピザはおいしいね」

おそらく、今の俺はこの場に冷凍ピザを出されたとしても、間違いなくおいしいと思う自信がある。

春香と毎日一緒にご飯を食べたら間違いなく太る。

今までになく太ってしまう。

幸せ太りという言葉を聞いた事があるけど、間違いなくそれになる自信がある。

幸せ太りって羨ましい。

好きな人と毎日一緒にご飯を食べることができるなんて、それだけでハッピーだ。

きっと春香がレトルトカレーを作ってくれたとしても、一流ホテルのカレーを凌駕するに違いない。

ピザとパスタを食べ終えると、メイン料理が運ばれてきた。

今日のメイン料理はチキンのクリーム煮。

口に運ぶと鶏肉もホロホロな感じで、柔らかくておいしい。

「チキンのクリーム煮もすごくおいしいね。やっぱり家で作るのとは違うね」

「春香、家でチキンのクリーム煮作ったりするの？」

「うん、たまにだけど作ることあるよ。こんなにおいしくは無理だけどね」

「いや、春香の作るクリーム煮か～。想像しただけで美味しそうだな～」

「よかったら今度、作ろうか？」

「え？　いいの？　本当に？　是非お願いします」

「うん、じゃあ今度海斗が家に来る時に作るね」

　春香が作ったチキンのクリーム煮が食べられるのか。

　お店のクリーム煮でもこれだけおいしいんだから春香の作ったクリーム煮は、想像を超えて絶品の味なのは間違いない。

　いずれにしても今日クリーム煮が出てきてくれてよかった。

　そのおかげで今度春香の料理したチキンのクリーム煮を食べることができるようになったので、本当に感謝だ。

「それにしても結構お腹いっぱいになってきたな～。思ったよりピザとパスタがお腹に溜まってきたよ」

「後はデザートで終了みたい」

「頑張って食べるよ」

　思いの外、一品一品にボリュームがあって、春香よりもピザとパスタを多めに食べた俺は既に腹八分目は過ぎてしまっている。

　最後に運ばれてきたデザートは濃厚バスクチーズケーキだった。

初めて食べたけど、これが予想以上においしい。

バスクってスペインな気もするけど濃厚な味わいがあって、すぐに食べ切ってしまった。

「海斗、このチーズケーキ凄いおいしいね。やっぱりプロの味だよ。満足〜」

「春香が満足してくれたならよかったよ。予約した甲斐（かい）があったな」

「うん、このお店は当たりだよ。全部の料理がおいしいもん」

「たしかに。全部おいしかった。お腹もいっぱいだし」

春香が喜んでくれたみたいだし、このアモーレを予約してよかったな。

本当は、ここしか空いてなかったんだけど、残り物には福来たるだ。

この流れに乗ってお店の中でプレゼントを渡す事にした。

「あ、春香、あの、これ、誕生日おめでとう」

渡す事は決めていたのに実際にプレゼントを渡すタイミングで急に緊張（きんちょう）してしまい、口からスムーズに言葉が出なかった。

脳内シミュレーションでは、もっとスマートに渡すつもりだったのに締まらない。

「うん、ありがとう。これ開けてもいいのかな」

「ああ、もちろんいいよ。気に入ってくれると良いんだけど」

お店の人も似合うと言っていたので間違いは無いと思う。これで気に入ってもらえないとキツいな。

春香は早速プレゼントのラッピングを開き始めた。

俺は既に時計を確認しているのに、時計が出てくるまで緊張してしまう。

「わぁ……時計」

「うん、いろいろ考えたんだけど、時計だったら学校でも使えるし、春香にずっと使ってもらえるかと思って」

「つけてみてもいいかな」

「白が春香に似合うと思って選んだんだけど」

春香が時計を取り出して早速腕につけてくれた。

「すごくかわいい。海斗ありがとう」

「うん、イメージ通り似合ってる」

「海斗、ずっと大事にするからね。今までの誕生日プレゼントの中で一番うれしいよ」

「よかった」

時計は俺の脳内で想像した以上に春香に似合っている。

可愛さと煌びやかさが同居していて春香が一層引き立って見える。

春香も本気で喜んでくれているようなので、このプレゼントで正解だったようだ。

「ひとつ聞いてもいいかな？　あのね……海斗、どうして時計にしたの？」

「え？　さっき言ったけど時計だったら春香にずっとつけてもらえるかなと思って」

「そう……なんだ。それって……うん、今日からずっとつけるね。ありがとう！」

春香は嬉しそうに微笑んでくれた。

なぜかちょっと目が潤んでいるようにも見え、それが店内のオレンジ色の照明を反射してキラキラして一層可愛く見える。

表情から喜んでもらえているのはわかるけど、さすがに泣くほどのものではないので、俺の気のせいだろう。

「女の子に誕生日プレゼントなんか贈った事がないから、自信がなかったんだけど喜んでもらえてよかったよ」

「そうなんだね。今度は海斗の誕生日に私がお返しする番だね。私も男の子に誕生日プレゼントを渡すのは、初めてだよ」

「そ、そうなんだ。へ、へ～。ありがとう」

「海斗、私は、まだプレゼントを渡してないから、ありがとうはまだ早いよ」

「あ、ああ、そうだね」

もちろん春香に誕生日プレゼントを渡す以上、来月の俺の誕生日に春香からのプレゼントを期待しなかったわけではない。

それでも春香からはっきりと俺に誕生日プレゼントと言われて、内心嬉しすぎて既に表情筋が溶けてなくなりそうだ。

しかも春香も異性に誕生日プレゼントを渡すのは初めてって、これは俺が彼氏になれる可能性は十分にあるんじゃないか？

少なくともプレゼントでは他の男たちに先んじることができる。

春香から誕生日プレゼントをもらえるなんて、なんて幸せなんだ。

俺も母親以外の異性から誕生日プレゼントをもらうのは初めてなので初めて尽くしだ。

今から来月の俺の誕生日が楽しみで仕方がない。

「海斗、どうかしたの？」

「い、いや、なんでもない。なんでもないよ。じゃあ俺の誕生日も一緒にご飯でも食べようか」

「もし、海斗さえ良かったら、私の家でご飯を食べないかな？」

「春香の家で？」

なんで春香の家なんだ？　多分春香のママもいるよな。正直気まずいので二人だけの方がいいんだけど。

「そう。せっかくの誕生日だから私がご飯とケーキを作りたいなぁと思って」

「えっ⁉　春香が作ってくれるの？」

「うん、どうかな？」

「もちろんいいです。是非お願いします。絶対それがいいと思います。うん、それがいい」

「よかった。じゃあ、腕によりをかけて作るから楽しみにしていてね」

「うん」

俺の誕生日に春香が手作りの料理で祝ってくれる。これは夢か？　夢なのか？　いや間違いなく現実の出来事だよな。

やっぱり、今年の誕生日は俺史上最高に幸せな誕生日になりそうで今から待ちきれない。

「それじゃあ、今日はありがとう。また明日ね」

「ああ、また明日」

俺は、無事プレゼントを渡してから、春香を家まで送って帰路についた。

「ただいま」

「お帰り。どうだったのよ」

「どうだったって何が？」

「決まってるじゃない、春香ちゃんとのデートよ」

「デートではないけど、まあご飯もおいしかったし、プレゼントも喜んでもらえたからよかったよ」

「春香ちゃん、プレゼントの時計を見て何か言ってた？」

「え〜っと、ずっとつけるって言ってたけど」

「ふ〜ん。そうか〜。へ〜。うんうん。まあ良かったじゃない」

母親の反応がちょっと気持ち悪い。

ただ今日の俺はすこぶる機嫌（きげん）がいいので全く気にならない。

お風呂（ふろ）に入った後は幸せな気分に浸（ひた）りながら寝（ね）ようとしていたら、春香から今日のお礼の連絡（れんらく）が入っていた。

『今日は今までの誕生日の中で一番嬉しかったです』

あ〜もうこれは永久保存だ。

嘘（うそ）でも、これは嬉しすぎる。

俺は間違って消したりする事のないように早速スクリーンショットを三枚撮（と）って保存しておいた。

これは俺にとっての宝物だ。

春香にプレゼントを贈ったはずなのに、逆に俺がプレゼントをもらったような気になってしまう。

今日は本当にいい一日になった。ハッピーな気分のまま眠りにつくと夢の中でも幸せ一杯で睡眠の質もいつもよりもずっと良かった気がする。

翌朝、気分爽快で目を覚まして、学校へ向かった。

「おう！」

「お、おう」

「海斗、今日はいつもよりテンション高いな。何かあったのか？」

「隼人、昨日は葛城さんの誕生日だろ」

「ああ、そうだったな。それでか。ところでどうだったんだよ？」

「うん、ご飯も美味しくて楽しかったし、プレゼントも喜んでもらえた」

「ご飯はどこに行ったんだ？」

「アモーレっていうイタリア料理のお店だよ」

「アモーレ⁉」

「どうした？　行ったことあるのか？」

「俺が行ったことなんかあるわけないだろ」

「それじゃあ花園さん誘って今度行ってみればいいんじゃないか？　いいお店だったぞ」

「いや、俺にはアモーレはハードル高すぎるから無理だな」

　確かに、女の子と二人でイタリアンレストランに入るのは少しハードルが高い気もしなくもないけど、あのお店なら花園さんも喜んでくれると思うけどな〜。

「ところでプレゼントは何にしたんだよ」

「いろいろ迷ったんだけど腕時計にした」

「腕時計。そ、そうなのか。それで葛城さんはなんて言ってたんだ？」

「ずっとつけるって」

　気になって春香の方に目をやり、手首のあたりを確認してみると、腕には俺が贈った時計がつけられていた。

　やっぱり似合ってるな。プレゼントして良かった。

「海斗……。早く付き合えよ。いやもう婚約しろよ」

「真司、何言ってるんだ。話が突飛すぎるだろ。俺だって付き合えるもんだったらすぐにでも付き合いたい。自分で言うのもあれだけど俺と春香は今結構いい感じだと思うんだよ」

「じゃあ、いいじゃないか」

「いやよくないだろ。中途半端に告白して断られたら、せっかく築いた春香との関係が全てなくなってしまうかもしれないんだぞ。そんな事は俺にはできない！」

「海斗、俺が保証するけど絶対上手くいくって。間違いない。時計をずっとつけてくれるんだろ」

「ああ、今日もつけてくれてるみたいだ」

「そうだろ？　じゃあ大丈夫だって」

「もうそれはいいって。俺の事より隼人も花園さんとどうなんだよ」

「毎日連絡は取ってるぞ。俺が夜に連絡したら、だいたい朝には返してくれる感じだな。花園さん夜は早く寝るみたいで返信はいつも翌朝だな」

隼人、もしかしてそれって避けられたりしてるわけじゃないよな。

朝返信がくるそうだからそれはないか。

「どんな返信が来るんだ？」

「だいたい朝の挨拶かな」

「挨拶っておはようとか？」

「そう『昨日は寝てました。おはようございます』だいたいいつもこんな感じだな」

「そうなんだ。まあ頑張れ！」

もしかしたら花園さんがクールというか淡白なだけかもしれない。隼人頑張れ！

俺には応援することしかできない。

「前澤（まえざわ）さん、ちょっといいかな」

「何か用？」

「いや、花園さんの事で少し聞きたいんだけど、花園さんってメールとか結構淡白というか短文が多いのかな」

「え？　なんで？　玲は結構いっぱい話す方だからメールとかも結構長文が多い方だけど」

「あ〜そうなんだ。返信とかって結構遅（おそ）い方だったりする？」

「いつも、すぐに返ってくるけどそれがどうかした？」

「いや、いいんだ。ありがとう」

　隼人、次頑張ろう。

　隼人の話していた内容が気になってしまい、余計なお世話とは思いながらも前澤さんに確認をとってしまった。

　この瞬間（しゅんかん）隼人の未来に幸あれと、心から思ってしまった。

　やはり恋愛（れんあい）って難しいなぁ。

　隼人もちょっとお調子者だけど結構いいやつなのに、花園さんのタイプじゃなかったのかな。

俺も人の事は言えないけど、もう高校三年生。

学園ドラマのようなアオハルな恋愛模様を織りなすことは、俺達には難易度が高すぎるのかも知れない。

一人アオハルを謳歌している真司が羨ましい。

俺にも可能性は十分あると思いたい。

ただ隼人の喜んでいた姿とこの現実のギャップを目の当たりにしてしまうとな〜。

俺の目に見える春香の反応も全て、俺の目が自分の都合の良いような姿を、真実を歪曲して映し出しているだけなんじゃないかと心配になってしまう。

現実を前に昨日盛り上がった俺のハートが急速に冷え込んでしまった。

ある意味〝隼人ショック〟だ。

俺は、テンションを落としてしまった状態で放課後ダンジョンの一階層へと向かった。

ダンジョンではテンションの低さとは全く関係なく、俺の身体は染み付いた動きをトレースしていつもと変わらないペースでスライムを狩っていく。

「ご主人様、どうかされましたか？」

「え？　いや別に何もないよ」

「そうですか。なにかあればいつでも私を頼ってくださいね」

「ああ、ありがとう。シルにはいつも助けられてばっかりだな。それにしても人の心ってままならないものだな」

シルはいつも俺に優しく接してくれる。やっぱり俺の心のオアシスだ。俺の沈んだ心を癒してくれる。

「なんだあれ？」

「もしかして昨日上手くいかなかったのでしょうか？」

「ありえるな。無様にふられたのかもしれないぞ」

「そうなのでしょうか？　落ち込んでいるご主人様を見るのは心苦しいのですが、もしそうなら私達には朗報かもしれませんね」

「まあ、わたしたちにプレゼントもくれずに浮かれてたからな。いいきみだ。ふふっ」

それにやっぱり一階層は落ち着くな〜。淡々とスライムを狩っていると、俺の中の悩みや煩悩が浄化されていくような不思議な感覚を覚える。

明鏡止水な感じで次々にスライムを狩っていくが、一向にドロップアイテムも、メタリックなスライムも出現してはくれない。

この調子でいくと下層をクリアするのとメタリックスライムに出会うのはどちらが先かわからないな。

「シル、メタリックなスライムってまだ出ないのかな」

「ご主人様ならいずれ必ず遭遇します。その時まで頑張ってくださいね」

「ああ、そうだな。ちょっと弱気になっていたかもしれない。シルのおかげでやる気が出たよ。ありがとう」

やっぱり持つべきものはサーバントだな。シルは当然だがルシェやベルリアだっていてくれるだけで頑張る事ができる。

「やっぱりあいつ弱ってるな」

「そうかもしれませんね」

「ちょっとシルが優しい言葉をかけただけであの変わりようだぞ。チョロすぎるな」

「私はご主人様の助けになれて嬉しいですよ」

またいつものようにシルとルシェが後ろでこそこそやっている。

「おい、海斗誰にでも辛い時はあるんだ。辛い時はいつでもわたしを頼っていいぞ」

「ルシェお前……ありがとうな」

ルシェまで俺のことを気遣ってくれるなんて、俺は本当にサーバントに恵まれている。もう落ち込んでいる暇はない。テンションを上げてスライム狩りに集中だ！

「ほらな。チョロすぎだろ」

「そうですね」

第四章 俺の家族

この一週間一階層で頑張ってみたけど、いつものようにスライムの魔核が手元に残っただけだ。

気持ちを切り替えて今日は十七階層の探索をすすめる。

俺は〝隼人ショック〟からも立ち直ったので、いつも通りのテンションで臨めているが、なぜかミクのテンションがいつもよりも低い気がする。

「ミク、何かあったのか？」

「いえ、別に……」

やっぱりいつもの元気とキレがない。

「言いたくないなら聞かないけど、何かあるなら相談にのるよ」

「…………昨日ヒカリンの病院に行ってきた」

「ああ……それでどうだった？」

「前行った時よりも目に見えて悪くなってた」

「入院していても回復は難しいんだな」

「多分、あの感じだと十八階層クリアまでは無理かもしれない」

「そんなに？」

「医者じゃないからはっきりとはわからないけど、無理だと思う」

俺とあいりさんはミクの話にショックを受けてしまった。

ヒカリンが良くないのはこの前見てわかっていたけど、俺が思っていた以上に時間はなかった。

俺達の認識が甘かったのかもしれない。

十八階層のクリアまで持たないとなると、もう一刻の猶予もない。

何がなんでも十七階層を最短で攻略して、ドロップを手に入れるしかない。

「よし！　この土日で十七階層をクリアするつもりでやろう」

焦りはあるが、それ以上に使命感に駆られて十七階層の探索をすすめる。

およそ二時間ほどで前回のマッピングポイントまでたどり着く事ができた。

そこからしばらく歩くとフィールドに変化が訪れた。

「急にだな」

「そうだな。また歩きにくい」

「歩くペースが落ちるわね」

突然、地面が以前の階層と同じような砂のエリアに切り替わってしまった。

ここのところしばらくは通常の石で出来た床だったので急に足が重くなる。

歩くペースが遅くなり気ばかり焦ってしまう。

「ご主人様、敵モンスターですが、こちらに向かって来ています」

シルの警告で全員が前方へと目をやるが、敵モンスターの姿は見てとれない。

「ご主人様近いです」

前方には未だ敵の姿は見えない。

これはまさか。

「みんな下だ！　下を警戒してくれ！　ベルリア！」

これは以前もあった巨大ミミズのパターンだ。

全員の意識が足下に集中する。

「マイロード！　恐らく三体。来ます！」

俺の想像通り砂の中を移動しているようで、足下からモンスターが飛び出して来て、再び砂へと潜った。

一瞬ミミズかとも思ったが、ギラつく大きな目と、特徴的な頭部の形がミミズではなく

ドラゴンである事を物語っている。

頭部はドラゴンのそれだが胴体は蛇のようにも見える。

「海斗！　こいつはワームよ！」

「ワームって虫？」

「違うわよ。ワームっていうドラゴンよ！　牙に強力な毒があるわ」

毒持ちのドラゴン!?　どう考えてもヤバイやつじゃないか。

「シル『鉄壁の乙女』だ！」

毒の牙と聞いてこの初見のドラゴンへの対応策を咄嗟に思いつく事はできなかった。

だが三体いるこのワームの牙による一撃をくらうわけにはいかない。

態勢を整える為にシルに『鉄壁の乙女』を展開してもらう。

光のサークルに向かってワームが地中から飛び上がって体当たりしてくる。見えないところから突然飛び出してきて攻撃するとすぐに地中へと戻るのでタイミングが計りづらい。

「みんなどうやってしとめる？」

「姿を現した瞬間を狙って一斉攻撃でしょうね」

「それでいこう」

「ルシェ、いけるか？」

「いけないはずがないだろ！　なめてるのか？　完全にわたしの事をなめてるんだな！　みてろよ！」

「数が多い、シルも頼んだ」

「かしこまりました」

攻撃力と手数を重視し一旦『鉄壁の乙女』を解除してもらう。

俺達は地面に潜ったワームに神経を集中して、すぐに反応できるよう待ち構える。

なんとなく地中を動いているような気配は感じるが、複数いるせいかはっきりとした場所の特定はできない。

微妙に伝わってくる足下の振動が緊張感を高める。

来る！

俺の目の前の地面の砂が盛り上がるのが見えた。

「来るぞ！」

その一点を凝視していると地中からワームの頭部が現れたが、その頭は俺の方に向いていた。

「うあぁあ～！」

完全にワームと目があってしまった。

少し小さいとはいえドラゴンと視線を交わすのは恐怖でしかない。

攻撃よりも回避。

この距離で攻撃を外せば、確実に殺られる。

後方へ逃げたのでは追いつかれる。

俺は、全ての力を足に集中させ、横方向へと踏み出して、そのまま横っ飛びに右方向へと回避する。

回避するのとほぼ同時にワームが、俺の元いた場所へと襲いかかる。

ワームの牙が空を喰むとすぐに俺の方へと顔を向けようとしているのが見えた。

跳んだ事で体勢が崩れている俺の方が遅い。

まずい！

『神の雷撃』

『ヘルブレイド』

『ライトニングスピア』

俺が身の危険を感じた瞬間、シル達が俺を襲ってきたワームに向かって攻撃を発動し一体目のワームを消滅させる事に成功した。

これで残りは二体。

すぐに立ち上がり、再び地面の変化に集中する。今度は二体同時に姿を現し一体はベルリアにもう一体はシルに襲いかかった。

『ヘルブレイド』

ベルリアは黒い炎の刃を飛ばして、ワームの進行を妨げて勢いを削ぐ。

『ライトニングスピア』

『アイアンボール』

間髪を容れずに、動きの止まったワームに向けてミクとあいりさんの攻撃が炸裂する。

攻撃をもろにくらったワームはフラフラしながら再び砂の中へと潜っていった。

「正面から向かってきてどうにかできると思っているのですか？　『神の雷撃』」

もう一体のワームがシルに襲いかかってきたけど、シルが一切動じる事なく雷撃を放ち消滅させてしまった。

シルの前に姿を晒した時点であのワームの運命は決まっていたと言えるだろう。

残るは瀕死のワーム一体だが、姿はまだ見えない。

地面に集中していつでも反応できるように待機するが、一向に姿を現さない。

「ベルリア、どうだ？　現れそうか？」

「気配はありません」

パーティメンバー全員で足下に集中する。

「ミク、どう思う？」

「これだけ現れないって事は、逃げた可能性もあるわね」

「やっぱりそうかな」

既に二分は経過しただろうか、一向に姿を現さないワームに対して俺達は疑念を持ちはじめていた。

もしかして、あのワームは俺達を恐れて逃げたんじゃないのか？

そもそもモンスターに撤退（てったい）するという概念（がいねん）があるのかどうかもわからないけど、今までにないパターンだ。

「やっぱり現れないな。本当に逃げたのかもしれない」

その後もしばらくその場で観察を続けたがやはりワームは現れなかった。

「このまま、とどまっていても仕方がないだろう。海斗どうする？」

「そうですね。魔核だけ拾って先に進みましょうか」

このままでは、いたずらに時間だけが過ぎ去っていくので、先に進む事を選択（せんたく）する。

「ベルリア、先頭を行ってくれ。殿（しんがり）は俺がつとめる」

俺達は注意を払（はら）いながらその場を去ることにして、砂場を移動していく。

「マイロード！　背後です！」

やはり襲ってきたか。

ずっと潜（ひそ）んでいたのに、俺達がその場から離（はな）れるのを見計らって後方から攻撃を仕掛（しか）けてきた。

だが、今回の攻撃は十分予測できたものだ。慌（あわ）てる事なく冷静に『ドラグナー』を構えワームに向かって放つ。

蒼（あお）い弾丸（だんがん）は、狙い通りにワームの頭部を貫通（かんつう）して消滅させることに成功した。

それにしても、今までにないパターンだ。明らかに敵のワームは策を講じて俺達に対して心理戦を挑（いど）んできた。

ワームにとって選択肢（せんたくし）が限られる中での攻防（こうぼう）だったので、今回は予測できた。

次も同じパターンとは限らないので十分に注意が必要だろう。

そういえば、先程（さきほど）の戦闘（せんとう）で全く攻撃を放たなかった奴（やつ）がいる。

「ルシェ、さっき何もしなかったよな」

「な、なにを言ってるんだ！　なにもしなかったんじゃない。冷静に状況（じょうきょう）を見極（みきわ）めていたんだ！」

「結構俺（おれ）も危ない場面があったんだけど」

「海斗も一緒に燃やしていいならいくらでもやるぞ！」

「それは困るけど別に他のスキルでも良かったんじゃないか？　『黒翼の風』でも倒せただろう」

「そ、それは結果論だろ！　次は『黒翼の風』を使ってやるよ」

この感じ、もしかして『破滅の獄炎』しか頭になかったのか？

確かによく考えてみるとこの階層にきてからルシェは『破滅の獄炎』しか使用してなかったかもしれない。

最初から他のスキルを使う発想がなかった可能性が高いな。

「ご主人様、お腹がすきました」

「ああ、シルは頑張ってくれたからな」

俺はシルとベルリアに魔核を渡して先に進むことにする。

ルシェが恨めしそうに見ていたが、今回は心を鬼にしてお預けだ。

俺達は、そのまま砂地を進んで行くが、見える限りはしばらく砂地のフィールドが続くようだ。

砂地の場合下手をすると平地の半分程度のスピードでしか進めないので、先を急いでいる俺達にとっては地味に痛いが、これぱかりはどうしようもない。

それに進みながらも、常に地中からの攻撃に注意を払う必要があるので、精神的に消耗してしまう。

「マイロード、あそこに」

「ベルリア、あれって敵だよな」

「間違いありません」

ベルリアの前方十メートル程のところの地面が明らかに不自然な感じで数箇所すり鉢状に窪んでいる。

「敵が潜んでいるって事だよな。このまま進んだらひきずりこまれる感じか」

「海斗、だけどあんなに丸見え状態じゃ隠れる意味ないような」

「モンスターにも隠れるのが得意な奴とそうでない奴がいるのかもしれないわ」

ミクの言う通り、姿こそ見えないが、砂の変化で確実にそこにいる事はわかる。

どう考えてもこのまま進むということはあり得ない。

「窪みが三つあるからたぶん三体なんだよな。とりあえず敵の姿もはっきりしないし、シルの雷撃とルシェの獄炎とミクの『ライトニングスピア』でいってみようか」

敵の姿は見えないけど、この距離から窪みに向かって攻撃すればなんらかの反応があるはずだ。

「今度はまかせとけ！　わたしの出番だぞ！　地中で焼け死ね『破滅の獄炎』」

「それにしても間の抜けたモンスターもいるものですね。姿を見る事なくお別れです『神の雷撃』」

「これってボーナスみたいなものなの？　それとも罠？　『ライトニングスピア』」

三人の攻撃がそれぞれの窪みに向かって放たれた。

それぞれの窪み付近の砂が大きく弾けて着弾する。

どうやらシルとルシェの攻撃は敵モンスターを着弾と同時に葬り去る事に成功したようだ。

ミクの攻撃のみが砂の影響で威力が半減したのか、着弾と同時に砂の中に潜んでいた敵モンスターが姿を現した。

「蟹か？」

「蟹ね」

てっきりドラゴンの一種が潜んでいるとばかり思っていたが、砂の中に潜んでいたのは、巨大な蟹。

海の蟹ではなく、川の蟹を巨大にしたような姿だが、ミクの『ライトニングスピア』により片方の爪と足を数本失っているのが確認できる。

「せっかくだからミクがしとめる？」

「そうね。そうさせてもらうわ。私だけしとめ損なうのも恥ずかしいし『ライトニングスピア』」

姿を現した蟹に向かい再びミクが雷の槍を放つが、今度は砂の影響を受ける事なく、蟹の甲羅のど真ん中に命中し貫く事に成功した。

やはり、遠距離攻撃を持つパーティにとっては純粋にボーナスだったようだ。

それにしてもこの階層はドラゴンしかいないのかと思っていたけど、ちゃんと他のモンスターもいたようだ。

この砂地エリアは、他の種類のモンスターが出現する可能性も十分ある。

俺達はあっさりと蟹型モンスター三体を退けて先に進む事にするが、今回の戦闘で残念な事が一つあった。いや正確には二つ。

地中に潜った状態でしとめた蟹型モンスターの魔核は砂に埋れて見つける事が出来なかった。

つまり三体のモンスターを倒したにもかかわらずそのうち二つの魔核を回収する事ができなかった。

簡単に倒せたのでボーナスだと思ってたのに、そう都合良くはいかなかった。

「しょうがない。諦めて進もう」

これ以上魔核二個の為に時間を割く事はできない。魔核を諦めて先を急ぐ事にする。

「海斗！　ちょっと待て！」

「え？　どうかしたのか？」

「ふざけるな！　今度はちゃんと倒しただろ！　早くくれよ」

「あぁ……。魔核か」

「それしかないだろ。バカなのか？」

俺はサーバントの三人にそれぞれスライムの魔核を渡す。

「それでいいんだ。それで」

手に入れた魔核は一個。渡した魔核は全部で六個。大きさが違うとはいえ数だけでいうと大幅なマイナスだ。

マイナスだけど満足そうなサーバント達を見て、まあいいかと思いながら砂地を進んでいく。

「今度同じモンスターが現れたら、一旦おびき寄せてからしとめるか」

「ご主人様どうやっておびき寄せるのですか？」

「う～ん、今は思いつかないな」

「シル、カニを釣るにはエサだろ。海斗をエサにしておびき寄せるのがいいんじゃないか？」

「さっきと同じでいこう。やっぱりそれが安全でいいと思う」

こいつなら本当にやりかねない。俺を蟹型モンスターの潜む窪みに蹴落とすぐらいやりかねない。

そこからしばらく先へと進んでいると、前方の道の先がよく見えない。

「海斗、あれは砂嵐じゃないのか？」

「砂嵐ですか？」

「ああ、先が見えないのは恐らく砂が舞っているからだろう」

「ダンジョンの中でそんなことあるんですね」

「ダンジョンではあらゆる自然現象が起こり得るからな」

「でも、先を行くには通らざるをえませんね」

ダンジョンの先に進むにはこの砂嵐を突破するしかないので、俺達は覚悟を決めて砂嵐の中へと踏み込む。

中に踏み込んだ瞬間、全身を砂が叩きつけてくる。

防具をつけていない顔が砂で結構痛い。

しかも容赦なく目にも入ってくるのでまともに目を開けていられない。

そして当然、砂を舞い上がらせている風もかなりきつい。

応急的に手で目を覆い指の隙間から前方を窺いながらゆっくりと進んでいく。

「これって……うっ、ぺっ、って、ぺっ、ぺっ」

あいりさんに喋りかけようとして口を開くと、口の中へと砂が入り込んできてしまった。

吐き出そうとしても乾いた砂が唾液を吸収してしまい、上手く吐き出す事が出来ない。

このジャリジャリ感は生理的に耐えがたいものがある。

俺はマジック腹巻きからミネラルウォーターを取り出して口を濯ぐ。

この動作ですらままならない。

会話も細心の注意を払い口を開けるのは少しだけにして喋るしかない。

ただ、この状況でまともな戦闘ができる気がしない。

どう考えてもゴーグルにマスクが必要になる。

今日探索が終わったら買いに行かないとヤバイ。

問題は今だ。

他のメンバーも一様に俺と同じ体勢を取ってはいるが、スナッチは自分で目を覆う事が出来ないので、すでにカードへと戻されている。

　このまま進めば確実にモンスターは出てくるだろう。

　どうにかできないかと色々考えてみる。このミネラルウォーターの入っているペットボトル使えるんじゃないか？

　俺はペットボトルの中身を飲み干し、半分ぐらいの位置でマジックシザーを使い切断する。

　底のある方を手に持ち片目に当ててみる。

　少し歪んで見えるけど、指の隙間から覗くよりもずっと視界が開けた。

「海斗、それは何をしているんだ？」

「即席のゴーグルですよ。片眼だけですけど、結構いけますよ。あいりさん達もやりましょうよ」

「あ、ああ。私はもう少し様子を見てみるから大丈夫だ」

「ミクもやってみてよ」

「う、うん、私ももう少し様子をみてからね」

　様子をみたところで、俺にはこの砂嵐が消えるとは思えないけどな〜。

　即席のペットボトルゴーグルで片眼を覆い、片眼だけでも普通に目を開ける事ができるおかげで随分楽になった。

ただ一向に砂嵐がおさまる様子はないのでしばらくは、この状態が続くのだろう。

即席ゴーグルがあっても視界は極端に狭く、五メートル先がよく見えない。

そして喋ると砂が口の中に入ってくるので全員無言で進んでいる。

サーバントもこれは同じなので、パーティが完全に無音状態となり、砂嵐の音だけが響いている。

「ごしゅじん……さま。てき……です」

ようやく砂嵐以外の音が聞こえてきたと思ったら、シルの敵を知らせる声だったが、シルも喋り辛いようで、いつもと違う。

敵の数はわからないけど、とにかく備えなければならない。

片手で目を覆った状態で、薙刀を振るうことは正直難しいと思うのであいりさんに前衛はできそうにない。

ベルリアは二刀のうちの一刀を諦めれば、なんとかいけるか。

シルも雷撃を使用すればいけるな。

「ベル、シル、まえ」

最低限の単語で指示を伝えて、俺も前に出る。

警戒しながら進んで行く。数メートル先がはっきりと見えないので、かなり怖い。

気がついたら目の前に敵、なんて事が十分にあり得る状況だ。

二十メートルほど進むと、前方に明らかに砂嵐の勢いが強くなっている箇所が見える。

砂の密度が濃くなり、あそこから視界が更に悪くなっている。

その奥は全く見えないけどたぶんあそこに敵モンスターがいる。

「ルシェ」

もうどれだけも距離はない。これ以上進むと敵に遭遇してしまう。

できれば、その前にしとめてしまいたかったのでルシェに『破滅の獄炎』を促す。

ん？

ルシェがスキルを発動しない。

振り向いて後ろのルシェを確認すると、なぜかルシェもこちらを見ている。

「ルシェ」

もう一度促してみるが反応がない。

「なんだ？」

「頼む」

「なにを？」

「あそこ」

「なに？」

「やって」

「やる？」

「ごくえん」

口に砂が入り込まないようにお互いに最低限の単語で会話を試みるが、思いの外意思の疎通が難しい。

いくつかの単語を繰り返すうちにようやくルシェに意図が通じたようで『破滅の獄炎』を放ってくれた。

放たれた獄炎は前方へと広がり風に煽られ一瞬熱量を増したが、そのまま上空へと舞い上がり消えてしまった。

「なっ……」

獄炎は基本的に一度命中すれば敵が燃え尽きるまで消えないはずだ。敵モンスターに命中しなかったのか。

しかもこの砂嵐が炎とは相性が良くないらしい。

もう、やるしかない。

俺はベルリアとシルと一緒に更に前に進む。砂の濃いエリアに入った瞬間、風と砂の威力が増して、呼吸も辛い。

これはゴーグルだけではなく防塵マスクも必要だ。

踏み込めば、敵の姿をはっきりと捉えられるかと考えていたが、実際には視界が更に悪くなり、うっすらと敵影が確認できるのみだ。

確認できる敵影は二つだが、もしかしたらもっといるかもしれない。

激しい砂嵐に声を出す事も難しいので、腕を振り、ベルリアとシルに指示を出す。

シルに一体を任せ、俺はベルリアともう一体の方へ向かって行くが、振り向くと後方は完全に見えなくなっている。これでは後方からはこちらも見えない。ミクやルシェからの援護は見込めないだろう。

更に敵影に近づくと、ようやく敵の姿が見えた。やはりドラゴンだ。ドラゴンを中心にして、その周囲を激しく砂塵が舞っている。

風竜と同じく風を纏っているようにも見える。纏っているというよりも風が渦巻いて砂を巻き上げているようだ。

ドラゴンを中心に砂塵が舞い上がっており、そのせいで一層視界が悪くなってしまっている。

俺とベルリアが攻撃態勢に入るが、目の前のドラゴンは結構なスピードで後方へと移動した。

明らかに砂嵐の影響を受けていない。

つまりはこの砂嵐の中を普通に移動できるという事だ。

それに引き換え俺達は、砂嵐の影響を受けて動きが鈍く限定されている。

ベルリアが下がったドラゴンに向けて追撃すべく追っていき、刀を振るうが、あっさりと避けられてしまった。

砂嵐の影響と指の間から覗く僅かな視界のせいでベルリアの刀にいつものキレがない。

俺はベルリアの攻撃が躱されたのを見てすぐさま『ドラグナー』を構えて引き金を引く。

弾丸が蒼い光の糸を引いてドラゴンへと放たれたが、ドラゴンに着弾する少し手前で、蒼い光の糸がブレた。

いつもは一直線の糸を引くのに今回に限って、着弾間際でブレて、狙った箇所とは違う場所に着弾した。

「グァアアア〜！」

どうやら傷を与える事には成功したけど、残念ながら狙いが逸れたせいで致命傷とはならず倒すには至らなかった。

直後完全にこちらをターゲットにしたドラゴンが襲いかかってくる。

『ドラグナー』のリロードが間に合わない。

逃げるしかない。

即座に回避行動を取ろうとするが、激しい砂塵のせいで動きが阻害されてしまう。

「マイロード！　お任せください！」

俺とドラゴンの間にベルリアが割って入り、炎の魔刀を振るう。

魔刀を巧みに振るいドラゴンの攻撃をいなしているが、ベルリアも防戦一方になってしまっている。

片手しか使えない上、視覚にハンデを負っているので当然だ。

俺もバルザードに武器を持ち替えてベルリアの横でドラゴンに応戦する。

ベルリアの風の魔刀の代わりを俺が果たす。

ベルリアが攻撃をいなしてくれている間に攻撃をしかける。剣を普通に振るっても周りを取り巻いている風と砂塵に阻害され、ダメージをうまく与える事ができない。

ドラグナーの弾丸もこの風と砂塵の壁に歪められたのだろう。

バルザードに切断のイメージをのせて至近距離から斬撃を飛ばす。

斬撃が風と砂塵を斬り裂きドラゴンの肉をも断つが、やはり消滅にまでは至らない。

その時だった。

ドラゴンを取り巻き上へと巻き上がっていた砂塵がねじ曲がり、生き物のように俺とベルリアに向かって襲いかかってきた。

「くっううう」

呼吸ができない。風と砂の圧力で押し戻される。

即席のゴーグル越しでもほとんど視界がゼロになってしまった。

身動きが取れないので、この状態で襲われたらまずいが、敵がこの機を逃すとは思えない。

俺は視界ゼロ状態なので即席ゴーグルを諦め、左手の武器を『ドラグナー』に持ち替えた。

この圧の中でバルザードをまともに振るう事は難しいけど『ドラグナー』を放つことぐらいはできる。

俺は何も見えない前方に向かって『ドラグナー』を放つ。

当たらなくても牽制になればいい。

ただ、今の状態では前方の状況が確認できないのでこれ以上の打つ手がない。

すぐ隣にベルリアがいる事だけはわかる。ベルリアは徐々に前方へと踏み出している気がする。

ベルリアがこの砂嵐の中攻撃に転じようとしているようだ。

俺も少しでもベルリアのサポートをすべく、俺が今できる事を必死で考える。

『ウォーターボール』

ベルリアに向けて、俺が唯一使用できる魔法『ウォーターボール』を発動した。

俺の放った魔法は、氷の薄い盾。

以前色々試したうちのひとつだが、実戦での効果は非常に薄いのでほとんど使う事のなかった形態だ。

薄い氷の盾をベルリアの眼前に出現させてゆっくりと前方にいるであろうドラゴンに向けて移動させるように放つ。

氷の盾は守備範囲が狭く強度もモンスターの攻撃を凌ぎきるには弱すぎる。

だが、氷の透明であるという特性と砂を防ぐ盾ぐらいにはなる大きさを備えているので、ベルリアの視界を確保する助けにはなるはずだ。

「ベルリア！」

口に砂が入ってくるのでベルリアの名前だけを呼び、俺の意図を伝える。

ベルリアも氷の盾のスピードに歩調を合わせたように感じるので俺の意図は伝わったの

だろう。

氷の盾が着弾するまでは、全身にブレスレットの呪いによる拘束がかかっているので後はベルリアに託すしかない。

既にベルリアの姿も完全に見えなくなってしまったが、微かに剣戟の音だけが聞こえてくる。

どうやら無事ドラゴンの下までたどり着いたようだ。

直後に俺の身体を拘束していた呪いが解けた。

『ダブルアクセルブースト』

俺の拘束が解けるのとほぼ同時にベルリアのスキル発動の声が聞こえてきた。

氷の盾により視界が開けたので二刀に戻したのだろう。

氷の盾の消滅と同時に勝負をかけたのが声からわかるが、見えないのでどうなったかわからない。

その後数秒経過すると、俺を襲っていた眼前の強烈な砂嵐が弱まり、少しだけ視界が開けた。

ベルリアが倒したのか？

「マイロード、ご助力ありがとうございます。魔刀の錆にしてやりました。マイロードの盾でドラゴンの直前まで視界を確保する事ができたので、難なく倒す事ができました。うっ……ペッ、ペッ、ペッ」

ベルリア、ドラゴンを倒せて嬉しいのはわかるけど、そんなに喋ったら口に砂も入るだろう。

シルはどうなった？

視界不良で全くシルの動きは見る事ができていなかったので、再び即席ゴーグルを左目に当てて周囲を見回してみるが、もう一箇所あったはずの砂塵の濃い場所は既に消失していた。

どうやら既にシルが倒してしまったらしい。

大きな声をあげる事もできないので、ベルリアに魔核の回収をさせてから、シルがいるであろう方向にあたりをつけて向かう。

「ご主人様」

「シル！」

シルがいた。

「大丈夫？」

「はい」

「神槍？」

「はい」

「敵は？」

「いません」

最低限の会話を交わして、他のメンバーの下へと引き返す。

「勝った」

「ああ」

「厳しい」

「うん」

「風強い」

「了（りょ）」

ほぼ単語だけでメンバー間での意思疎通が取れているのが自分でもすごいと思う。

これまでのメンバー間での信頼（しんらい）関係の構築の成果がここで表れているようで密（ひそ）かに嬉しい。

あいりさんが「了」と答えたのにはギャップがあって、ちょっと笑いそうになってしまった。

案外高校生の時は今とキャラクターが違ったのかもしれない。

いずれにしても、この砂嵐エリアはかなり厳しい。

単純に俺達の準備不足だ。

視界を確保する為のゴーグルと砂塵を防ぐマスク的なものがないと、まともに戦闘する事すらままならない。

ただ、ここで引き返してしまうと、一日無駄になってしまうのでそれは難しい。

結局この日の探索では砂嵐のエリアを抜ける事は出来なかったが、戦闘にはルシェも引き連れて、火力で押し、ベルリアには優先的に氷の盾を付与する事にして乗り切った。

今回俺は前衛職というよりも付与魔術師のような立ち位置でベルリアのサポートに徹した。

ダンジョンから引き上げた俺達は早速ダンジョンマーケットに向かい、マスクとゴーグルを購入する事にした。

実物を確認すると防塵機能まであるものは結構本格的で、ゴーグルの部分とマスクが一体になった物を選ぶ事になった。

よく映画とかで爆弾処理班の人たちがつけているようなやつだ。

ミクとあいりさんはもう少しかわいいマスクとゴーグルが良かったようだけど残念なが

らそんな物はダンジョンマーケットには存在しなかったので、俺と同じ物を購入する事になった。

サーバント用に子供サイズは置いていなかったので極力サイズの小さいものを選んで購入する事になった。

スナッチの為のゴーグルはペット用などもちろん置いていないので、ミクが家で自作してくる事になった。

これで明日は万全の態勢で砂嵐エリアに臨む事ができるはずだ。

家に帰ると今日はチキンカレーだった。

前回はポークカレーだったので少し変化はある。ただ土曜日は、ほぼ毎週カレーになってしまった。

味はおいしいのでカレーの日と割り切ってしっかりと食べてから早めに眠る事にした。

砂の中での戦いで考えていた以上に体力を消耗していたようで、熟睡できた。

夢の中の俺は春香の作ってくれたチキンのクリーム煮を食べて大満足していた。

チキンカレーとチキンのクリーム煮は少しだけ似ているので夢に出てきたのかもしれない。

「おはよう」

「今日こそ砂嵐エリアを抜けましょうね」

「ああ、抜けて目処を立てたいところだな」

翌朝九時にダンジョン前に集合して十七階層へと臨む。

途中金属竜が複数出現したので少し時間をくってしまった。そのせいもあり砂嵐エリアに着く頃にはお昼前になってしまった。

砂嵐エリアで食事をするわけにもいかないので、一刻も早くこのエリアを抜けるという事で全員の意見が一致した。

「それじゃあ三人ともこれをつけてくれ。昨日買っておいたんだ」

「なんだよそれ」

「砂塵対策のゴーグルとマスクだ」

「なんか不格好だな、もっとカッコいいのないのかよ」

「私もこれはちょっと……」

「そう言わずに一度使ってみてくれよ」

「ダサい」

「姫、物は試しです。マイロードの顔を立てると思って一度試してみてはいかがでしょうか？」

「わかりました」

「わかったよ」

シルとルシェからの抵抗があったが、これ無しでは昨日の二の舞いになってしまうので、ベルリアにもフォローしてもらい無理やりつけてもらった。

三人には少し大きいけど後ろのゴムを目一杯締めたらなんとかいけそうだ。

三人とも思ったよりも顔と頭が小さい。

スナッチは完全防塵とはいかないが、ミクの作った小型のフェイスガードのような物を装着して砂嵐エリアへと臨んだ。

昨日は踏み込んだ瞬間から視界が限定され喋る事もままならなかったけど、今日は違う。

「よく見えるし、呼吸もできる！」

「そうだな。昨日とは全く違うな」

「シル達もどうだ？」

「はい、よく見えます。あった方がいいと思います」

嫌がっていたシルも効果を実感してくれたようだ。

「ああ、ないよりいいかもな。ダサいけど」

どうやらルシェもゴーグルとマスクの有用性を認めたようだ。

ただ見えやすくなったとはいえ、砂で視界が悪い事には変わりないので注意しながら進んでいく。

「ご主人様、敵がいます。数はおそらく五体です」

「五体⁉　多いな。ミク以外の全員で当たるか。ミクは後方からフォロー頼んだ」

砂嵐エリアでこの数は十分に警戒が必要だ。

前回戦ったストームドラゴンか？　だとしたら結構きついな。

砂嵐の中を進んでいくが、五体の敵は見当たらない。

昨日戦ったストームドラゴンであれば、五体もいれば砂塵が濃い部分が既に見えているはずなので、おそらく違う敵だ。

だが、目に見える範囲には一体もいない。

「シル、どこにもいないけど本当に五体もいるのか？」

「間違いありません」

そうだとすれば可能性としては下か？

砂嵐でただでさえ視界が悪いのにこの状態で足下からの敵とは、難度高すぎじゃないか？

「みんな足下に注意して！」

全員で足下に意識を向けるが視界の悪さと砂嵐の音もあり、俺には全く気配が掴めない。

「ベルリア！　どうだ？」

「向かって来ています」

見えない敵に緊張が走り、後方のミクが声を上げる。

「前方よ！　ひれみたいなのが見えてるわ！」

俺は足下に全集中していたので気がつく事はできなかった。後方のミクからは全体が見えたのだろう。

俺達が一斉に前方の地面を見ると、確かに鮫のひれのような物が複数こちらに向かって移動して来ているのが見えた。

まさかの砂の中を移動する鮫か？

「シル！　『鉄壁の乙女』を頼む！」

すぐに五体の地中の敵に対する術を思いつくことが出来なかったので、シルに『鉄壁の乙女』を発動してもらう。

「ミクも中へ！」

万が一に備えて後方に控えてもらう予定だったミクにも光のサークル内に避難してもらう。

徐々に大きな背びれがこちらへと向かってくる。

見えない砂の中から迫ってくる様は、有名な昔の映画さながらで、かなり怖い。

武器を構えて待ち構える。

ひれがすぐ手前まで近づいてきた途端、足下の砂が爆ぜた。

爆ぜると同時に巨大な鮫が飛び出してきて俺達に向かって襲いかかってきた。

光のサークルが攻撃を阻み、そのまま鮫は砂の中へと戻っていく。

鮫と言っても、本物の鮫とはかなり違う。

その姿はドラゴンのような外皮に覆われており、巨大な口には歯というよりも牙が生えていた。

攻撃手段はその大きな牙によるもののようだが、砂から飛び出してからの動きは思った以上に素早い。

「次に姿を現したらルシェは『黒翼の風』を頼む」

ルシェの獄炎はスピードという点では若干劣るので『黒翼の風』を選択する。

この砂嵐のフィールドで影響を受けないかは不安要素だがやってみるしかない。

背びれが前方だけではなく後方へも回り込んできたのが見える。

どうやら前方からの攻撃が弾かれたので、取り囲んで全方位から攻撃してくるつもりかもしれない。

背びれはそのまま遊泳するかのように、俺達を中心に回り始めた。

俺達はそれぞれがターゲットに定めた背びれの動きを目で追う。

しばらく目で追っていると突然、全方位の地面が一斉に爆ぜて砂鮫が襲いかかってきた。

俺は『ドラグナー』を選択して攻撃を放つが、他の五人もほぼ同時に攻撃を放った。

一瞬の攻防でしとめることができたのは五体のうちの二体。

ルシェの攻撃は心配をよそにフィールドの影響を全く感じさせない威力で、一瞬で敵を斬り刻んだ。

そしてもう一体をしとめたのはあいりさんだ。

牙を剥いた砂鮫の大きく開いた口の中に『アイアンボール』を叩き込み、瀕死の状態で砂上に落ちた鮫に薙刀でとどめをさした。

俺を含む残りの三人は、それぞれが攻撃を当てる事には成功したが、消失させるまでには至らず、ダメージを与えた状態で地中へと逃げられてしまった。

俺の攻撃も確かに命中したが相手がドラゴンではなかったせいか『ドラグナー』の一発でしとめることができなかった。

ただ、敵に大ダメージを与えたのは間違いない。

次は確実にしとめる。

残る敵は三体。

いずれの敵も大きなダメージを与える事に成功しているので、さっきまでのような勢いはない。

背びれが見えているが動きも鈍く蛇行している。

砂鮫の攻撃を待つ。

蛇行状態から瞬間的に速度を増したと思ったら、再び飛び出して襲ってきた。

今度は現れるタイミングを完全に計ることができたので、余裕を持って狙い撃つことができた。

『ドラグナー』から放たれた弾は的確に砂鮫の頭部を撃ち抜き消失させる事に成功した。

他の二体もミクとベルリアが責任を持ってしとめていた。

戦闘の終了を確認してから手早く五個の魔核を回収し先を急ぐ。

砂嵐の中再び現れたストームドラゴンや砂鮫との戦闘を数度繰り返し進んでいるが、なかなか砂嵐のエリアを抜ける事ができない。

ゴーグルのおかげでかなり負担は軽減されている。それでもモンスターに警戒しながら砂嵐の中を進む事でかなり体力を削られていっている。

「ミク、だいじょうぶ？」

「ええ……だいじょうぶよ」

特にメンバーの中では体力の劣(おと)るミクに疲(つか)れの色が見える。

どこかで休憩(きゅうけい)を取りたいけど、このエリアを抜けない事にはそれもままならない。

このエリアに入ってから既に一時間以上は経過している。ただ戦っている時間もあるので思ったよりも進めていないのかもしれない。

そんな考えがよぎり始めた時ベルリアが声を上げた。

「マイロード、もう少しでぬけるようです」

俺の目では、まだ確認(かくにん)できないけど、視力のよいベルリアには砂嵐の終わりが見えているらしい。

「みんな頑張(がんば)れ！　あと少しでぬけるぞ！」

焦(あせ)りから足をすくわれないようにだけ注意を払(はら)い先を目指す。

「ぬけた〜！　きつかったな〜」

「もう、当分砂は遠慮(えんりょ)したいわね」

「ああ、身体中(からだじゅう)が砂だらけだよ」

一様に疲れた声をあげるが、あいりさんが言う通りメンバー全員が砂だらけだ。

だけどようやく砂嵐を抜けることが出来た。

全員で装備を外し、全身にかぶった砂を払い落とす。

「砂を落とすだけでもスッキリした気になるな」

「でも、髪がバサバサになっちゃったわね」

「ああ、指がスムーズに通らないな。これはしっかりトリートメントしないとまずいな」

このタイミングで髪の心配を一番にするとはさすがに二人とも女の子だな。

俺は髪の心配より少し休みたい。

「シル、周囲に敵はいるか？」

「いえ、この周囲にはいないようです」

「それじゃあ、ここで十分間休憩を取ろう」

そう言って、俺はその場に腰を下ろした。

喉も渇いた。

俺はマジック腹巻きからミネラルウォーターを取り出して一気に半分ぐらい飲み干した。

「あぁ〜！　生き返る〜」

「さすがにちょっと疲れたわね」

「普段砂嵐を体験することなどないからな。ある意味貴重な体験かもしれない」

「あいりさんポジティブですね。俺はもううんざりですよ。もう当分砂嵐は遠慮したいですね」

「そうは言っても明日また通る事になるぞ」

「あぁ。あいりさん、抜けたばかりでその言葉はやめて欲しかったです。気が重くなりますよ」

「これも修業の一環だと思えば辛くないものだぞ」

「あいりさん、俺は別に修業をしにきてるわけでは……」

「海斗、土遁の術の修業にいいんじゃないの？」

「ヒカリンみたいなこと言うなぁ」

「ヒカリンは毎日戦ってるのよね」

「そうだな」

「絶対に助けましょうね」

「ああ、もちろんだ」

「ミク大丈夫だ。私達にはシル様とルシェ様がついているんだから。おまけにアサシンまでいるんだぞ」

「そうですよね。おまけにアサシンまでいますもんね」

「ああ、ダメな要素を探す方が難しいな」

「俺はおまけですか」

「ふふっ、そうだな。おまけだ。頼りにしてるぞ」

「はい」

休憩を終え俺達は再び先へと進み始める。

「あ～、普通の砂地が快適に感じるな～」

「そうね、普通なら、ここでも大変と思うところだけど、慣れって恐ろしいわね」

「ゴーグルとマスクを外せるだけで解放感が違うな」

「そうですね～」

砂嵐がないとこんなにも快適なのかと思いながら、どんどん進んでいく。

しばらくすると砂地エリアも終了して、通常のフィールドへと戻った感じだ。

床も砂地ではなくなっているので、これから先出現するモンスターも変わってくるはずだ。

「海斗、そろそろお昼にしない？」

「ああ、そうか、まだ食べてなかったな」

「お腹が空いたな」

砂嵐エリアに入ったのがお昼前だったので既にいい時間になっている。

砂地エリアではご飯を食べるのが難しかったので控えていたが、意識し始めると確かにお腹が結構空いている。

三人で相談してその場に留まってお昼ご飯を食べる事にした。

今日の俺のお昼ご飯はハムカツサンドに、塩にぎりだ。

「海斗、ハムカツサンドはいいと思うが塩にぎりとは、また結構渋いチョイスだな」

「あっさりしていて美味しいんですよ」

「男子高生としては、発言が妙に老成しているな」

「そんな事ないですよ。いろいろ食べて最終的にこれが一番かもしれないです」

「やはり海斗は老成しているな」

「いやいや普通の十七歳ですよ」

「十七歳なら普通は焼肉、ラーメン、苺パフェだろう」

苺パフェ？　十七歳は普通苺パフェなのか？

「どれも好きですけど、今日は塩にぎりの気分なんです」

「よかったら、私のおかずを分けてもいいが」

「いえ、だいじょうぶです。ありがとうございます」

「私のをあげてもいいわよ。今日は体力がつくように鰻とフォアグラがメインだから」

昼の弁当のおかずが鰻とフォアグラか。

普段そんな弁当にはお目にかかる事はない。

うちのパーティメンバーは三人ともお嬢様だけど、フレンチレストランの件も含めてミクはその中でも飛び抜けてお嬢様な気がする。

今までに鰻は食べた事はあるけどフォアグラは食べた事がない。食べてみたいという興味はあったが、グッと我慢して遠慮しておいた。

「ミク、昼からそんなにいっぱい食べてだいじょうぶなの？」

「食べないともたないじゃない。倒れちゃうわよ」

「そうかもな～。ミクは普段からフォアグラとか食べてるのか？」

「そうね。ママが結構好きで昔からお弁当の定番なのよ」

「ああ……そうなんだ」

俺が知らないだけだろうか？

お弁当の定番がフォアグラ。

フォアグラってお弁当のおかずだっけ？

世界三大珍味とかじゃなかったか？

やはりミクは一般から少し外れているような気がする。

それにしてもミクは食べる量に対して、見る限りではかなり痩せ型だと思う。

もしかして胃下垂だろうか？

二十分ほどで全員が食べ終わったので片付けをして、先に進む事にする。

「結構いいペースだとは思うけど、今の感じだと今日明日では攻略できそうにはないな」

「来週からゴールデンウィークだから、そこのどこかではクリアしたいわね」

「そうだな。今日明日で出来る限り距離を稼いでゴールデンウィーク中に攻略するというのが一番現実的だろうな」

ヒカリンの事があるので気ばかり焦るが、マップを見る限り、まだ半分まで来ていないように見える。

どうにか今日中に半分までは行っておきたい。

それにしても、ご飯を食べた後はいつも眠くなるな。少し抑え目にしているつもりでも血液が腹部に集中するからだろうか。

その理屈でいくと鰻とフォアグラを食べたミクはもっと眠くなってそうだけど、もしかしたら気づかれないように振る舞っているのかもしれない。

やっぱり歩いていても眠いものは眠い。

人間歩きながら寝たらどうなるのだろう。
バタンとその場に倒れるのだろうか？　それとも寝ていても足は前に進むのか？
少し興味はあるけど実践する気はないので、手の甲をつねって眠気を覚ます。
一瞬痛みに覚醒する。
歩いているとすぐにまったりとした眠気が襲ってくる。
最近毎日ダンジョンに潜っているので、少し疲れも溜まっているのかもしれない。
眠気と戦いながら進んでいるとベルリアの声がする。
「マイロードお気をつけください」
「え？」
ベルリアの声が聞こえてきたが、瞬時に反応ができずにそのまま踏み込んでしまった。
『カチッ』
今までも何度か聞いたことのある音が聞こえてきた。
これはいつもルシエがやった時の音だ。
その音が聞こえてきた瞬間に俺の眠気が一気に覚めた。
「みんな逃げてくれ！」
声をあげて俺自身、その場からすぐに離脱しようとするが動けない。

よく見ると足下が微かに光っているように見える。

これは、魔法か何かで足が拘束されている。

力を込めて動こうとするがびくともしない。これはまずい。

俺は周囲に意識を向ける。普通に考えて足を拘束するだけの罠なはずはない。

動けなくなった俺に向けて何かあるはずだ。

周囲には特に変化は見られない。

どういうことだ？　これだけか？

「マイロード！　上です」

ベルリアの声に反応し咄嗟に上を向くと、天井の一部が俺に向かってゆっくりと下がってきていた。

ちょうど俺のいる部分をカバーするくらいのサイズ感だが、動けない以上このままいくと潰されてしまう。

必死に抜け出そうと足掻いてみるが、全く動けない。

「ベルリア！　抜けない！　どうやっても抜けないんだ！　どうにかしてくれ！　このままだとヤバイ！」

冗談抜きでこのままだとヤバイ。潰されてしまう。

さすがにこんなところで天井に潰されて死ぬのは嫌だ。

俺はまだ春香に誕生日を祝ってもらっていないんだ！　それまでは絶対に死ねない。いや、祝ってもらってからも同じ大学へ行くんだから、やっぱり死ねない！

俺の焦りとは全く関係なく徐々に天井の一部が俺との距離を詰めてくる。もう俺の頭まで一メートルもないぐらいだ。

「マイロード、しゃがんでください」

俺はベルリアの指示に従い、その場にしゃがみ込むが、元々俺の頭があった位置まで迫ってきている。

まずい、まずい、まずい！

「ベルリア！」

「マイロード、お任せ下さい。最悪の場合は足を切ってでも助けてみせますのでご安心ください」

「ベルリア！　それはダメだ。絶対にダメだ。それ以外の方法で頼んだぞ！」

ベルリアはまさか本気ではないと思うけど、それは助けるとは言わない。俺の足は今後の探索のためにも絶対に必要だ。

そうこうしているうちにも、天井はどんどん近づいてきている。

しゃがんだ俺まで一メートルをきったところで、ベルリアが下がってきた天井の下に入り両手を突き上げて、受け止めた。

「ぐっ……これは……さすがの私でもきついですね」

ベルリアによって一時的に天井が下がってきていたのが停止した。

停止はしたが、ベルリアが血管が切れるんじゃないかと思うほど全力を出して受け止めているのがわかる。

「ベルリア？」

「マイロード、もしかしたらそう長くは……」

「ベルリア！」

「ぐっ……」

これはまずい。どう考えても一時凌ぎにしかなりえない。

そもそも、普通に考えて下がってきている天井を力ずくで止める事などできるはずがない。

なぜベルリアはこの手段を選択したんだ。

もうベルリアが押し込まれるのは時間の問題に思える。

だれか！　だれか助けてくれ！

このままだと俺潰れちゃう！

「マイロード申し訳ございません。もちません」

「ベルリア！　諦めるな！　諦めたらそこで終わりだ！　諦めなければなんとかなる！」

「そう言われましても、もう……」

いよいよ、本格的にベルリアが限界を迎えてしまったようだ。

顔から滝のような汗を流し明らかに顔色が悪くなってきた。

士爵級悪魔のステータスと俺への忠誠心でどうにか食い止めてくれていたが、どうやらそれももう潰えてしまいそうだ。

ベルリアを責めることはできない。

俺の為にここまで耐えてくれたサーバントを俺は誇りに思う。

ありがとうベルリア！

だけど、なんとか頑張ってくれ！　頼む！　頑張れベルリア！

絶体絶命ともいえる状況の中、シルという本物の女神によって俺に一筋の光が差し込まれた。

「ご主人様、もしよろしければ私が、ベルリアが支えているそれを壊しましょうか？」

「シル！　できるのか？」

「もちろんできますが、ベルリアも頑張っているようだったので、ご主人様とベルリアの邪魔になるかもと思い控えていたのです」

「邪魔じゃない。今すぐ頼む！　もう時間がないんだ。ベルリアも限界だから」

「わかりました。それではいきますね。我が敵を穿て神槍ラジュネイト！」

神槍が光りシルの渾身の一撃がベルリアを押しつぶそうとしていた天井の一部を大きく抉り取った。

「姫……助かりました。さすがです。このベルリア、姫に命を救われました。シル姫の為ならこの命！」

どうやら抉り取られたトラップはそれ以上迫ってくる事はなく、ベルリアも完全に解放されたようだ。

俺の足を拘束していたものも同時に解除されたようで、普通に歩けるようになった。念のためにすぐその場から離れる。

「シル助かったよ。ベルリアもありがとうな」

「マイロードお役に立てて本望です」

「ご主人様にお怪我がなくてよかったです」

あ～俺はサーバントに恵まれているな～。いつも俺を助けてくれる。やはり持つべきものは献身的なサーバントだな。

「なにボケッとしてるんだよ！　寝てたんじゃないのか？　こんな見え見えのトラップにかかるなんてありえないだろ！」

あぁ……俺には献身的ではないサーバントも一人いたんだった。

ルシェお前にだけは言われたくない。

今まで何度もお前がトラップにかかったせいで、どれだけ俺が被害を受けてきたと思っているんだ。

しかも今回もルシェだけは何もしていない。

ルシェ！　サーバントとしての役目を果たしてくれ。なんで主人である俺を一切助けようとしないんだ。

いずれにしても、今の出来事で俺の眠気は完全に吹き飛んだ。

やはりダンジョンでは一瞬の油断が命取りだ。間違っても今日はもうトラップにかかるようなミスは起こさないと心に誓う。

「海斗、海斗ってよくトラップにハマってるわね。でも無事でよかったわ」

「うん、ありがとう」

確かに俺は、ほかのメンバーに比べてトラップによる被害を多く受けている。

だけど俺自身がトラップにハマったのはこれが初めてかもしれない。

みんな勘違いをしているようだけど、被害を受けているだけで俺がトラップにハマったんじゃない。

ほとんどの場合ルシェがトラップにハマっているんだ！

「海斗、危なかったな。砂地エリアにはなかったようだが、やはりこの階層はトラップが多いようだ。急ぐ気持ちもわかるが慎重にいこう」

「はい、ありがとうございます」

あいりさんは、俺が急いだせいで俺がトラップにハマったと思っているようだけど、もちろん真実は違う。

睡魔が原因だ。

居眠りダメ。ゼッタイ。

居眠りするなら探索するな！　探索するなら居眠りするな！

これが今回の経験から俺が導き出したダンジョン探索における真理だ。

疲れた。

無事に罠を突破したが、一気に疲れた。

戦いとはまた違った疲れを感じる。なんとか気力を振り絞って先へと進む。

何度か既に戦った事のあるドラゴンと戦闘となったが順調に攻略して、この日の探索を終了した。

「じゃあ、今日はここまでにしようか」

「そうね」

「そうしよう」

俺達は『ゲートキーパー』を使い一階層まで戻り、そのまま地上へと帰った。

地上に出ると夕暮れ時で辺りは日が落ちて暗くなってきていた。

今日も一日頑張った。

今日で十七階層の半ばにかなり近づいたと思う。明日には半分を越えて更に先に進みたい。

家に帰って先にシャワーを浴びると前回同様に頭は砂でジャリジャリで全身が埃っぽい感じだったので、念入りに洗い流す。

やっぱり砂嵐の後のシャワーは最高だ。いつも以上にサッパリして気持ちよかった。

「母さん、今日の晩ご飯はなに？」

「今日はこれよ」

「カレー……うどん」

「そう、カレーライスばっかりも飽きるでしょ。だからカレーうどんにしてみたのよ」

母さん！　確かにカレーうどんはカレーライスとは違うしある意味新鮮ではあるけど、カレーはカレーだ。

まあ食べたらおいしかったからいいけど。

それにしてもカレーばっかり。もしかして家の家計が苦しいのか？

ちょっとは俺も家にお金を入れた方がいいんだろうか？

俺はカレー好きだからいけているけど、父さんも同じものを食べているはずなので大丈夫なんだろうか？

「母さん、父さんの仕事ってうまくいってるの？」

「もちろんよ～。この前課長に昇進したしお給料もちょっと増えたし頑張ってくれてるわよ。海斗にお小遣いもあげなくて良くなったしお母さん的には言う事ないわね」

どうも金銭的な問題ではないようだ。単純に母さんの手抜きという事なのだろう。

「それより、海斗これどう思う？」

「これってなに？」

「今着ている服よ。今日買ってきたの。来週の旅行に着て行こうと思って」

「ああ、いいんじゃない。春っぽいし。だけど……その服……」

母親が着ている服は水色のワンピースだ。

確かに春っぽいけど妙に若い子用の服に見える。

今母親が着ている服、最近どこかで同じようなワンピースを見た気がする。

どこで見たんだろう。

服には確かに見覚えがあるけどすぐに思い出せない。

う～ん。

俺が見たとすればシチュエーションは限られる。

最近の俺の行動を思い返す。

女性の私服を見る機会は……もしかしてあの時か！

間違いない！

全くイメージは違うけど、春香がこの前着ていたワンピースとそっくりだ。

というよりも、もしかして同じワンピースじゃないのか？

細部まで覚えているわけではないけど、服だけを見てみると記憶の中で春香の着ていたワンピースと重なる。

春香が着ると、妖精かマーメイドのように見えたが、母親が着ると……。

そもそも春香は十八歳になったばかりだ。

母親は完全に四十代だ。

確かに最近の四十代は若く見える人も多い。

春香のママは確かに年齢よりも若く見える。

もしかすると春香のワンピースを着てもそれなりに似合うかもしれない。

だけど、俺の母親は年相応に見えるので、春香と同じワンピースは正直厳しい。

自分が好意を寄せる女の子が着ていたのと同じ服を着て自分の母親が披露してくる。

俺は自分の母親が嫌いではない。

どちらかというと良好な関係を築けているとは思う。

だが、偶然とはいえ春香と同じ服はやめて欲しかった。

あの時天使の衣のように見えた水色のワンピースが俺の脳内で、目の前で母親が着ているワンピースのイメージへと急速に書き換えられていく。

母親は何も悪くない。

悪くはないけど、俺の神聖なものが汚されたような複雑な感覚に襲われてしまった。

母さん、もっと落ち着いた服の方がいいと思う。

そして疲れがたまっているせいもあるのか、夜には大変なことが起きてしまった。

夢の中で春香と待ち合わせをした。

家を出るのが遅(おそ)くなって、急いで待ち合わせ場所まで走り、先に到着(とうちゃく)していた水色のワンピースの春香に背後から声をかけた。

それなのに振り向いた瞬間(しゅんかん)、なぜかそこにいたのは春香ではなく母さんだった。

普段夢の内容は目が覚めるとすぐに忘れてしまうのに、朝目を覚ましてしばらく経(た)っても鮮明(せんめい)に覚えていた。

春香が母さんに……ある意味悪夢だ。

今度から本当に春香と同じワンピースを買うのはやめてほしい。

憂鬱(ゆううつ)な気分で朝を迎えてしまったけど、時間は巻き戻ってはくれない。

気を取り直してダンジョンへと向かう。

「おはよう」

「おはよう。なんか元気ないわね。春香と喧嘩(けんか)でもしたの？」

「いや、喧嘩なんかしてないよ。むしろすぐにでも会って記憶を書き換えたい」

「よくわからないけど、集中しないとまたトラップにハマるわよ」

「わかってる」

「海斗、悩(なや)みがあるなら私も相談にのるぞ？」

「いや、本当に大丈夫です。ありがとうございます」

思った以上に夢と昨日の出来事による精神汚染が進んでいたようで二人から心配されてしまった。

こんな事でパーティメンバーに心配をかけるわけにはいかないな。

今日はとにかく半分より先に進む事を目標にして十七階層へと向かう。

「ルシェ、ご主人様の元気がないように見えるんだけど、どう思う?」

「言われてみればそう見えないこともないな。まああれだろ。どうせ春香に愛想尽かされかけているんだろ」

「そうでしょうか? 昨日もトラップにハマってしまいましたし、心配ですね」

「それだけ春香とうまくいっていない証拠かもな」

「それならいいのですが」

「今がチャンスかもな」

「そうですね!」

いつものようにシルとルシェがコソコソやっているので、俺もいつものようにスルーしておく。

しばらく歩いているとシルが声をかけてきた。

「ご主人様、何か悩み事があるのでしたらいつでも話してくださいね。必ず私が力になります」

「ああ、ありがとう。やっぱりシルは優しいな」

「おい、昨日もトラップにハマってたし大丈夫なのか？　わたしも相談にのってやってもいいぞ。どうせ春香の事だろ？」

「な……なにを言ってるんだよ。別に春香は関係ない。いや、関係なくはないけど、直接は関係ない。だけど、ルシェもありがとうな」

この二人にまで心配をかけるとは、よっぽど顔と態度に出てたんだな。

本当に反省だ。

「ご主人様、前方に敵モンスター三体です」

「よし！　慎重にいくぞ！　俺とあいりさんがペアでシルとルシェで一体ずつ頼んだぞ！」

俺には頼れる仲間がいる。

くだらない悩みを抱える俺を真剣に心配してくれるパーティメンバーとサーバントがいる。

母親登場の夢なんかでテンションを下げていた自分が恥ずかしい。

俺はテンションと集中力を最大まで引き上げてドラゴンへと向かっていく。

頼れる仲間と戦う俺にとってワイバーン三体などものの数ではなかった。

それぞれのメンバーがスキルを発動して瞬殺する事に成功した。

「やったな！」

「はい、ご主人様もお見事でした」

「シルとルシェも流石だよ」

「ふふん、このぐらい当たり前だろ」

やっぱりダンジョンはいいな。

ワイバーンを倒した俺はすっかり悪夢の影響から脱する事に成功し、いつも以上の集中力を取り戻した。

「みんな、今日は絶対に半ばを越えて探索を進めるぞ！」

ヒカリンのためにもくだらない事に囚われず頑張らないといけない。

「なんか急に元気になったな」

「そうですね。私達の思いが通じたのでしょうか？」

「やっぱりわたし達がいないとあいつはダメだな」

「そうですね」

今日は十一時前に既に砂嵐へと突入している。

上がったテンションの恩恵もあるのか昨日よりも一時間近く早いペースでここまでは順調だ。

既にこのエリアでもストームドラゴンの一団を退け、あと少しで砂嵐を抜けるはずだ。

二回目とはいえ流石にストームドラゴンを瞬殺とはいかず、苦戦しながらも無傷で切り抜ける事ができた。

「みんな、ようやく抜けたよ」

「やっぱりここは難所ね」

「ああ、視界が悪いのがキツイな」

しばらく歩き、無事砂嵐エリアを抜ける事が出来た。

昨日はこの地点で昼ご飯を食べたけど、今日はまだ時間的に余裕があるので、食事を取らずに先に進む。

「ご主人様、モンスターです。ここを左に行った先に一体います」

「一体か。この階層じゃ珍しいな。一体なら問題無いだろうから各自好きに動いてくれていい」

この階層で単体の敵が出現するのは初めてだ。先に進んでいる証拠でもあるのかもしれない。

モンスターのいるところへと向かい、角からモンスターをうかがい見る。

二十メートルほど先にドラゴンがいる。

その風体は特異だった。

全身が鏡面のように光っていて、周囲の景色をその身にうつしている。

鏡のようにガラスではなく金属を磨き上げたような光沢。

おそらくは、金属竜の亜種。

サイズはそれほど変わらないので上位種というわけではなさそうだが、金属であるなら当然硬く、しかも雷をも反射してしまいそうだ。

「なに、こそこそしてるんだ！　こそこそするのは、小物のする事だぞ！　わたしがさっさと片付けてやるよ。燃え尽きてなくなれ！『破滅の獄炎』」

「あ……」

ルシエ、どう考えても獄炎はこのドラゴンと相性悪いだろ。

確かに好きにしていいとは言ったけど、なんでまた同じ事を繰り返すんだ。

しかも今回は鏡面の効果で、明らかに金属竜の時と比べても燃え方が弱い。

「マイロード、どうされますか？　もしよろしければ私も敵を倒しに向かいますが」

あ〜これはベルリアもわかってるんだな。このままいくと下手をすると三十分コースだという事を。

「よし！　ベルリア頼んだぞ！」

「ちょっと待て！　わたしが戦っているのに邪魔する気か？　ベルリア！」

「いえ滅相もございません。ルシェ姫の助けになればと思っただけです」

「余計なお世話だ！」

「そう仰るのでしたら私の出る幕はありません。控えさせていただきます」

「ベルリア！」

「マイロード、ここはルシェ姫にお任せしましょう」

ベルリア……寝返ったな。

やはり燃えが甘い。このまま待っていても埒があかない。三十分もこのまま待ち続けることなどできるはずがない。

「ご主人様、よろしければ私がとどめをさしましょうか？」

「シル……頼めるか？」

「はい、もちろんです」

「おい！　シル邪魔すんなよな」

「ルシェ、このままずっと待っていてもご主人様から魔核をいただけませんよ。素早く倒して次に行った方が、魔核をいただける機会が増えるのですよ？」

「た、たしかに。目先の一個よりも先の三個というわけだな。わかったぞ！　シルも頼んだぞ！」

「まかせてください。我が敵を穿て神槍ラジュネイト」

シルが加速して光を放った神槍をドラゴンに叩き込む。

鏡面の効果で威力が半減したりしないかと心配したが全くの杞憂に終わった。

シルの一撃はドラゴンの鏡面装甲を貫き風穴を開けてあっさりと消滅させた。

今回はシルのお陰で助かった。

だがベルリアは裏切り者だ。

「ベルリアは当分魔核はおあずけな」

「マイロード……」

「自業自得だな」

「海斗！　わたしにはくれよ。獄炎を使ったんだからな」

なんてずうずうしいんだ。どう考えてもあの獄炎は余計な一撃だった。

活躍していないルシェに魔核を渡す事は心情的にかなり抵抗感があったけど、今後の事を考えて大人の対応で結局渡す事にした。

「あ〜やっぱり働いた後の魔核は最高だな！」

「そうですね、満足です」

シルの満足そうな笑顔には癒される。一方でルシェの偉そうな態度にはやはり納得はいかない。

ゆっくりと深呼吸をして気持ちを鎮める。心を穏やかにだ。いつもの事なんだ、こんな事で心を乱されてる場合じゃない。

それより、さっきは初見のドラゴンが出てきたしここからは更に注意が必要だ。

「ミク、さっきのドラゴンとかはもしかしたら『ライトニングスピア』が効かないかもしれない。その時は『スピットファイア』で牽制か『幻視の舞』を試してみてよ」

「そうね。ここから先はあんなのがどんどん出てくるかもしれないものね」

「私は近接で『斬鉄撃』だな。おそらく斬れると思う」

「お願いします」

念の為に今後の戦略を話し合いながら歩いて先に進む。

「そういえば、あのドラゴンの皮どうしたの？」

「一応まだ手元にはあるけど」

「さっさと財布にでもしてもらいなさいよ」

「財布に仕立ててくれるお店がわからないんだけど」

「そうなの？　よかったら紹介するわよ」

「値段ってどのぐらいするんだろう？」

「素材持ち込みだから十万円もあれば作ってもらえるんじゃない？」

「結構するね」

「職人によるオーダーメイドだからそのぐらいはするでしょ」

「そうなんだ」

十万円か……。

正直財布にそこまでお金をかけなくてもいい気もする。

別にドラゴン革の財布がどうしても欲しいってわけでもないし今使っている一万円の財布もまだまだ現役で使えているし、またでいいかな。

「ご主人様、モンスターですが、おそらく上空にいるのでワイバーンだと思います」

「そうか、じゃあみんないつもの感じでいこう」

ワイバーンとは既に何度も戦っているので、それほど問題はないだろう。

俺とあいりさんとベルリアが前を歩きシルが中衛で後方に残りのメンバーが控える。

「マイロード、ワイバーンに間違いはなさそうですが、色が赤く少し大きいようです」

視力の良いベルリアにはしっかりと敵のドラゴンが見えているようだが、赤くて少し大きい個体か。

普通のワイバーンじゃないのか？

そのまま近づいていくと俺の目にもワイバーンを捉える事ができた。

確かに赤く、いつも見ている個体よりも一回りは大きい。

数は三体。

一体はシルに任せるとして、残りのメンバーで二体をしとめなければならない。

「シル一体まかせたぞ」

「かしこまりました。ご主人様も頑張ってくださいね」

このシルの一言に癒されるが、どうやら赤いワイバーンもこちらに気がついたようだ。

三体のうちの一体が口を開くと、口から大きな炎の塊を放ってきた。

「みんな！　避けろ～！」

通常のワイバーンは炎をはかない。

やはり普通の個体じゃない。

炎の塊は脅威だけど、まだ距離があったので回避する事ができた。

俺達が回避したのを見て赤いワイバーン三体が同時に炎の塊をこちらに向かって次々に

放ってきた。

飛んでくる炎の塊が一個であればそれほど問題ではなかったが、三個同時となれば話は違う。

しっかり予測しながら回避しないと回避した後に他の炎の塊に当たってしまう。

赤いワイバーンの攻撃を躱していくが、このまま一方的に攻められても埒があかない。

「スナッチに牽制を！」

俺は後方に控えるミクに指示を出す。

ミクが命じて、すぐにスナッチが前方へと駆けていき、赤いワイバーンに近づき上空に向かって『ヘッジホッグ』を放った。

スナッチの『ヘッジホッグ』による鋼鉄の針が上空にとどまる赤いワイバーンへと襲いかかる。

「ギョアエエエ！」

鋼鉄の針は三体のワイバーンのうちの二体にダメージを与える事に成功し、二体からの炎の攻撃が一瞬止んだ。

俺は『ドラグナー』のトリガーを引く。

他のメンバーもこの機を逃さず、一斉に攻撃をしかける。

俺の放った銃弾が蒼い光の糸を引いて赤いワイバーンの胸部を捉える。

ダメージにより翼を止めたワイバーンは揚力を失って地面へと落下した。

シルの『神の雷撃』なら十分だとは思うけど耐久力が高いように見える。

「ふん、落ちた蜥蜴はただの蜥蜴だな。さっさと燃えてなくなれ『破滅の獄炎』」

残りの一体に向けてルシェが獄炎を放つ。

いつものように獄炎が赤いワイバーンを包むが、肉が焼けている感じが薄い。

もしかして、この赤い外皮は炎への耐性があるのか？

炎を放つし炎属性なのか。

一応獄炎に縛られて動く事はできなそうなので、このまま放置でいけそうだ。

もう一体へはベルリアとあいりさんが、ほぼ同時に突っ込んでいった。

向かっていく二人に向けて、ワイバーンは口を開き炎の塊を連発するが、二人とも完全に見切って躱しながら近づいていく。

ワイバーンは炎が当たらないのを理解したのか、激しく翼を動かして風を起こしベルリアとあいりさんの接近を阻んでいる。

攻めあぐねる二人を見て、すぐさまミクが『ライトニングスピア』でワイバーンの動きを止める。

「ヤアアア！」

動きの止まったワイバーンが地へと落ちる。

その瞬間、間合いを詰めたあいりさんが薙刀で斬りつける。

あいりさんに続いてベルリアも二刀を振るい、ワイバーンに手傷を負わせる。

二人から攻撃をくらってもまだ消滅には至ってはいない。

やはり耐久力が高い。

「さすがに大きいだけあって、あっさりとは消えてくれないようだな。だがこれで終わりだ！『斬鉄撃』『ダブル』」

なかなかしぶとかったが最後は、あいりさんが赤いワイバーンの喉元を掻き切り、消滅させた。

「なかなかやるようですが、ご主人様の行く手を阻むことは許しません『神の雷撃』」

シルの雷撃が上空の赤いワイバーンを捉えた。

耐久力が高いとは言っても、神の一撃の前では無意味だったようだ。

残りは一体だ。

地に縛られた赤いワイバーンは金属竜の時と同様に地味に燃えている。

獄炎に対してこれほどの耐性を見せているので、普通の炎では太刀打ちできないかもしれない。

　明らかに今までのワイバーンよりも手強い。

「なんか、この赤いワイバーンって今までのやつよりも大分強いような」

「海斗、おそらくこの赤いワイバーンは中位種だろう」

「中位種ですか？」

「そうだ。今までのドラゴンは明らかにドラゴンとしては小型の下位種だったが、今回のはサイズも少し大きいし、攻撃力、耐久力ともに今までの個体を凌いでいる。おそらくは今までのドラゴンより上の中位種だろう」

　中位種か。確かにそう言われれば納得の強さだ。

　だが、いくら中位種で炎耐性があるとはいえ、このままでは、最後の一体が燃え尽きるまで待つ事になってしまう。

「ベルリア！」

　俺はベルリアに前回同様とどめを促す。

「姫、このベルリアに武功を立てる機会をお与えください。必ず姫の助けとなってみせます」

　ベルリア？　趣旨が変わってないか？

「ふん！　ベルリアがそこまで言うなら聞いてやってもいいぞ」

「はっ、ありがたき幸せ」

まあ、ある意味ルシェの扱い方としては正解なのか？

ベルリアが獄炎で燻っているワイバーンへと近づきとどめをさす。

「姫の前です！　あきらめて消えてください『アクセルブースト』」

ベルリアの攻撃が頭部を捉え、消滅へと誘った。

地面に残された魔核を確認すると確かに今までのワイバーンのものよりも少し大きい。

そのことが中位種であるということを裏付けていた。

赤いワイバーンを倒した俺達は更に先へと進んでいく。

目標とする中間と思える地点は既に過ぎている。

これより先は中位種ドラゴンが巣食っている。そう思い身構えて進んだものの、結果的に中位種ドラゴンが出現したのは、この一度のみで、出現するのは金属竜をはじめとする属性竜の亜種を中心とした下位ドラゴン達だった。

お陰で、それほど苦戦する事なく進むことができたので、当初の目標よりも距離を稼げたと思う。

時刻が十七時を回ったところで今回の探索を切り上げる事にした。

少し早いけど、昨日今日と終日みっちり探索したために、それなりに疲労が溜まっている。思わぬ怪我を未然に防ぐ意味でもこの時間で地上へ戻る事にした。

地上に戻ってみるとまだ空は明るい。

「それじゃあ次は週末に」

「そうね。いよいよゴールデンウィークね」

「できれば早めに攻略して、残りはヒカリンも一緒に遊びたいものだな」

「そうですね。頑張りましょう」

来週末には、ゴールデンウィークを迎えるので、俺達はそのまま解散したけど、みんなわかっている。

今のペースならイレギュラーが起こらない限り、ゴールデンウィークのどこかで十七階層を攻略できる。

それは、十七階層の階層主を倒して、ドロップアイテムを手に入れる事を意味している。

つまりは、このタイミングで結果が出るという事だ。

早く結果を出したいという思いはあるが、それよりも、もし結果が望んだものでなかったら……と考えてしまいプレッシャーに押しつぶされそうになる。

他の二人も平静を装ってはいるけど、去り際の表情には若干の緊張感が見て取れた。

俺と同じ。
二人も俺と同様にプレッシャーを感じているのだろう。
ミクの話では、十八階層を攻略するほどの時間はもうない。
これでダメならヒカリンは……。
いや、俺がネガティブになっても何も変わらない。
俺には幸運の女神ともいうべきシルもついている。
きっと大丈夫だ。
ただ俺には不幸の悪魔ともいうべきルシェもついている。
そのことが俺の心配を加速させてしまう。
たぶん大丈夫だ。さすがにルシェだって今回は空気を読めるはずだ。
きっと幸運の悪魔になってくれるはずだ。
ゴールデンウィークを前に胃が痛い。
前にも胃を痛めたことがあったけど、あの時はダンジョン内でも痛かった。
レベルアップによるステータスの向上は胃腸機能の向上には繋がっていないようだ。
サーバント達は俺にとって家族だ。
シルとルシェは俺の妹でベルリアも師匠だが一応は弟のように思っている。

じゃあパーティメンバーは俺にとってどういう存在かといえば、やはり家族のような存在だと思う。

これは俺のパーティメンバーが特に年齢が近いこともあると思う。

もっと歳の離れたメンバー構成なら感じ方も違ったかもしれない。

友達といえないこともないけど、学校のクラスメイトとかとはちょっと違う。

俺が仕事に就いたことがあれば、職場の同僚という感覚が芽生えていたかもしれないけど、今の俺にその感覚はない。

命を預け、預かってダンジョンに潜っているのだ。

ある意味運命共同体。

今の俺はパーティメンバーに全幅の信頼をおいている。

ただの友達にここまでの信頼を寄せるかといわれれば、それは難しいと思う。

真司と隼人とも時間をかければ同じような感情を抱くかもしれないけど、今の段階ではまだ及ばない。

命を懸けて一緒にダンジョンに潜っているからこその信頼感だ。

これまでにそれだけの道を一緒に歩んできた。

そしてただの仕事仲間にここまでの思い入れを持つのかと言われれば、おそらく違う。

職場恋愛を目指していれば、もしかしたら意中の相手に入れ込む事もあるかもしれないが、俺にはこれはあたらない。

では、パーティメンバーとは俺にとってなにか？

シルやルシェとは少し違うけど、俺にとっては家族。

俺にとってのもう一つの家族。

何物にも代えがたい大切な存在だ。

俺はこの手で家族を護りたい。

かつての葛城隊長がそうであったように。

まだまだ遠い。

でも、今だけは本当の英雄に。

今の俺じゃみんなは無理でもヒカリンだけは絶対に護りたい。

ここでやれなきゃ探索者になった意味がない。

俺の家族の命運があと少しで決まる。

これが胃にこないはずはない。

ううっ……。

おそらくゴールデンウィークが終わるまでこの胃痛がおさまることはなさそうだ。

エピローグ

「葛城隊長、また新たな階層へと進んだとのことですがダンジョンの謎も案外すぐに解けるんじゃないですか？」

「いえ、そんな簡単にはいきませんよ。私の隊のメンバー一人一人の献身があってなんとか進むことが出来ているんですよ」

「それはもちろんそうだと思いますが、葛城隊長を見ていると人類の未来は明るいと感じますね～」

「ありがとうございます。ダンジョンにはいまだ未知の部分も多く、モンスターが地上へと出てこないとも言い切れない状況です。そうならない為にも一層頑張りたいと思っています」

「葛城隊長、本日はありがとうございます。今後も活躍を期待しています」

テレビには葛城隊長のインタビューが流れている。

やっぱり葛城隊長はいつ見てもかっこいい。

最近では人類の盾(たて)。日本の希望なんて呼ばれたりして名実ともに英雄だ。

俺も早く大きくなって葛城隊長と一緒にダンジョンに潜りたいなぁ。

まずは鍛(きた)えないとな。

前に葛城隊長が褒(ほ)めてくれたかけっこを練習だ。

足が速くなくちゃダンジョンには入れないし。

§

「葛城〜昨日テレビ見たぞ。葛城隊長かっこよかったな」

「う、うん」

「あれ？　葛城、どうかしたのか？　元気ないな」

「うん、実はパパが……」

「え〜〜〜葛城隊長がけが⁉」

「高木(たかぎ)くん声がおおきいよ」

「ああ、ごめんごめん」

どうやら、昨日ダンジョンから戻ってきた葛城隊長がけがしてたらしい。

あの葛城隊長がけがするなんて。テレビじゃ元気だったのに。やっぱりダンジョンって危ないところなんだな。

「大けがなのか？」

「ううん、ポーションとかで大分良くはなってる」

葛城は、隊長がこれからもダンジョンでけがして帰ってくるんじゃないかって心配しているらしい。

「葛城、大丈夫(だいじょうぶ)だぞ」

「えっ？」

「俺が大きくなったら葛城隊長を助けるから」

「高木くんが？」

「俺、毎日走ってきたえてるから、この足で葛城隊長が危なくなったら助ける。だから大丈夫だぞ」

「うん……」

まだ、心配なのか。う〜んそれじゃあ。

「春香(はるか)！」

「えっ？」

「俺たちもう友達だろ？　これから春香って呼ぶから俺の事も海斗って呼んでくれよ」

「う、うん」

「これからもなんかあったら俺に言えよ。友達だからな。俺がなんとかしてやる」

「うん」

俺は、大きくなったら葛城隊長を助けるんだ。

だから春香の事も助ける。

なんてったって俺は将来英雄になるんだから。

あとがき

モブから始まる探索英雄譚を読んでくれている読者の皆さんこんにちは！

1巻で皆さんに挨拶したのは今から3年前のちょうど同じ日です。

そこから皆さんの応援を力にして、海斗達も徐々にレベルアップを重ねついに9巻を迎えました。

この9巻で、ほぼ１００万文字となり、現代ダンジョンファンタジーとしては異例のロングランとなっていますが、これもひとえに読者の皆さんのおかげです。

海斗もシルもルシェも皆さんには感謝感謝です。

今回、新しいキャラである野村さんがあるみっく先生のイラストと一緒に登場し、これからどう話に絡んでくるのか楽しみです。

ヒカリン編とも言える本編も、ヒカリンの容体の悪化とともに一気に佳境を迎えていますが次巻で大きく動きます。

いつものモブからにはないシリアスシーンも随所に挟みながら海斗達がダンジョンで奮

闘するのでお楽しみに！

そして、この9巻が発売されるのとほぼ同時にアニメ放送が開始されます。

ついに待ちに待ったアニメ放送です。

TOKYO MXテレビ長崎　BS日テレ　そしてABEMAにて配信されます。

最初にアニメ化の話をいただいてから足かけ2年。

ここまで長かった……けどようやくここまできました。

アニメ化には数えきれないほどのスタッフさんが携わってくれています。

モブから始まる製作委員会の皆さんの努力により今日という日を迎える事が出来ました。

この作品にかかわってくれた全ての方に感謝です。

キャッチコピーの『みんな最初はモブだったんだ』誰が考えてくれたのか知らないのですが、この作品にぴったりだと思います。

モブから英雄に！

モブからの主人公は読者の皆さんです。

そしてアニメ版モブからの主人公もやっぱり視聴者のみなさんです。

アニメモブから始まる探索英雄譚の主人公となり、シルやルシェと一緒に本当の英雄目指してみませんか？

今までの文字や絵だけの世界よりもずっと身近で遥かに広い世界が待っています。

原作者である海翔も、この夏は皆さんと一緒にモブからの世界にフルダイブしたいと思います。

もしかしたら、ダンジョンの一階層で皆さんともお会いするかもしれません。

その時は虫コロ〜スを手に一緒にスライムを狩りましょう！

きっと殺虫剤ブレスでイチコロです。

変な音をたてながらあっというまに消えてなくなる事でしょう。

消えた跡に残された一個五百円の魔核を一緒に分け合いましょう。

詳しくは書けませんが、アニメは文庫版モブから始まる探索英雄譚とクロスオーバーしながら、ギャグあり笑いあり、努力と涙ありの青春ダンジョンエンターテイメントです。

かわいいシルと生意気なルシェが画面いっぱいに活躍します。

皆さんが応援してくれるとモブからの世界は更に広がっていきます。

この夏、皆さんの冒険がどうだったか、楽しんだ後に教えていただけると嬉しいです。

それではまた10巻でお会いできることを楽しみにしています。

モブから始まる探索英雄譚9

2024年7月1日　初版発行

著者――海翔

発行者―松下大介
発行所―株式会社ホビージャパン

〒151-0053
東京都渋谷区代々木2-15-8
電話　03(5304)7604（編集）
　　　03(5304)9112（営業）

印刷所――大日本印刷株式会社

装丁――BELL'S GRAPHICS／株式会社エストール

Printed in Japan

ISBN978-4-7986-3584-2　C0193

ファンレター、作品のご感想お待ちしております

〒151-0053　東京都渋谷区代々木2-15-8
(株)ホビージャパン HJ文庫編集部 気付
海翔 先生／あるみっく 先生

アンケートはWeb上にて受け付けております

https://questant.jp/q/hjbunko

- 一部対応していない端末があります。
- サイトへのアクセスにかかる通信費はご負担ください。
- 中学生以下の方は、保護者の了承を得てからご回答ください。
- ご回答頂けた方の中から抽選で毎月10名様に、HJ文庫オリジナルグッズをお贈りいたします。

バグスキル【開錠（アンロック）】で最強最速ダンジョン攻略 1

著者／空埜一樹
イラスト／もきゅ

ハズレスキル×神の能力＝バグって最強！

『一日一回宝箱の鍵を開けられる』というハズレスキル【開錠（アンロック）】しか持たない冒険者ロッド。夢を叶えるため挑戦した迷宮で、転移罠により最下層へと飛ばされた彼を待っていたのは、迷宮神との出会いだった！　同時にロッドのハズレスキルがバグった結果、チート級能力へと進化して――!?

まきなさん、遊びましょう 1

著者／田花七夕
イラスト／daichi

怪異研究会の部室には美しい怨霊が棲んでいる

平凡な高校生・諒介が学校の怪異研究会で出会った美しい先輩の正体は、「まきなさん」と呼ばれる怨霊だった。「まきなさん」と関わるようになった諒介は、怪異が巻き起こす事件の調査へと乗り出すことになっていく――妖しくも美しい怨霊と共に怪異を暴く青春オカルトミステリー